[新概念阅读书坊]

小故事 大智慧 全集

XIAO GUSHI DA ZHIHUI QUANJI

主编◎崔钟雷

吉林美术出版社

图书在版编目（CIP）数据

小故事大智慧全集 / 崔钟雷主编 . —长春：吉林
美术出版社，2011.1（2023.6 重印）
（新概念阅读书坊）
ISBN 978-7-5386-5045-7

Ⅰ . ①小… Ⅱ . ①崔… Ⅲ . ①故事 – 作品集 – 世界
Ⅳ . ① I14

中国版本图书馆 CIP 数据核字 （2010） 第 255535 号

小故事大智慧全集

XIAOGUSHI DAZHIHUI QUANJI

出 版 人 华 鹏
策 　 划 钟 雷
主 　 编 崔钟雷
副 主 编 刘 超　那兰兰
责 任 编 辑 栾 云
开 　 本 700mm×1000mm 　1/16
印 　 张 10
字 　 数 120 千字
版 　 次 2011 年 1 月第 1 版
印 　 次 2023 年 6 月第 4 次印刷
出 版 发 行 吉林美术出版社
地 　 址 长春市净月开发区福祉大路 5788 号
　 　 　 　 邮编：130118
网 　 址 www.jlmspress.com
印 　 刷 北京一鑫印务有限责任公司
书 　 号 ISBN 978-7-5386-5045-7
定 　 价 39.80 元

前言 *Foreword*

　　阅读是一段开启心智的历程，阅读是一种与书籍对话的方式，阅读是一盏点亮灵魂的明灯！人们常说"开卷有益"，只要认真去阅读，用心去体会，就会从书籍中获取丰富的知识，获得源源不绝的力量！

　　为了开阔您的阅读视野，我们精心编纂了本套"新概念阅读书坊"系列丛书，包括《做最出色的自己》《挫折并不可怕》《天才是这样炼成的》《学会感恩学会爱》等共二十本，呈献给您大量的励志成长故事。阅读是一种自我充实的过程，读什么和怎样读都显得颇为重要，而我们的意旨在于为您提供一种全新阅读方式的可能！

　　本套丛书内容涵盖面广，设计新颖独到，优美的文章，精致的图片以及全新的阅读理念，必将呈现给您一场独特的阅读盛宴，愿您在享受这段新奇的阅读历程时，也会将之视为开启您阅读之门的钥匙，走进阅读的美好世界……

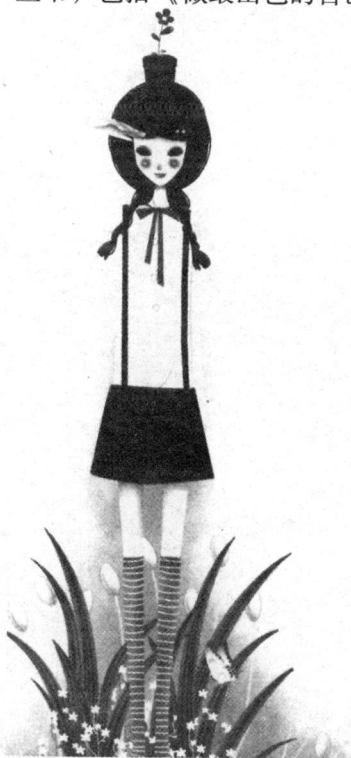

目录

第二章　飞向大海的鸟

3

第三章 树木的生存智慧

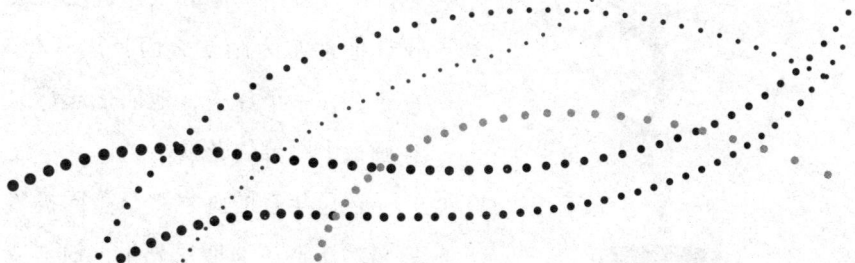

第一章

拔除杂草

在茫茫大海中可以利用的就是这么一
掬清水，你我真正可以把握的永远只是现
在，只是今天！因此，正如一掬水比海水更
多一样，今天比未来更长。

上帝给了你什么

杨建华

他是一位失败的统帅，在率领残兵败将溃退到一个小岛后，他沮丧地呆坐于一个破旧的房间里，品尝着失败的痛苦。墙角有一片密密麻麻的蜘蛛网，他没好气地挥剑斩断那些蛛丝。随即，他惊奇地看到：一只蜘蛛出现了，它爬至断头的网线前，重新编织自己的家园。他再次弄断那些蛛丝，而蜘蛛毫不气馁，又从网线的断头处继续编织。

这位统帅就是威灵顿将军。在失败的关头，上帝给了他一只蜘蛛。于是他重振军威，召集队伍，重返战场驰骋冲杀。

一位年轻画家，在屡经挫折后，终于找到了一份工作。他住在废弃的车库里，深夜常常听到一只小老鼠吱吱的叫声。久了，小老鼠竟爬上他的画板嬉戏，他与它享受着相互依赖的乐趣。不久，画家被介绍到好莱坞去制作一部有关动物的卡通片。一开始，他的工作进度很缓慢，他常常为画什么而冥思苦想。终于，在一个深夜，他回忆起那只在画板上跳舞的老鼠。

这位年轻的画家就是美国极负盛名的沃特·迪斯尼先生，他创造了风靡全球的米老鼠。上帝给了他一只老鼠，让他的大脑储存了珍贵的灵感。

想想看，上帝给予人类的岂止是灵感。知道海伦·凯勒吗？知道保尔·柯察金吗？知道张海迪吗？上帝有时会残忍地降临灾难，可是，许多与病痛为伍的人，却不乏自己的生命价值。命运的一端是上帝给的灾难，另一端则是他们生命的韧性。

上帝给了你什么呢？实际上，你拥有上帝给你的美好的一切：你身体健康，未遭天灾人祸。或许上帝也曾给予你一只顽强的蜘蛛或者一只可爱的老鼠，而你却没有把握住它们，对于上帝赐予你的许多礼物，没能在你大脑里转化为闪光的灵感。

心得便利贴

上帝给了你很多东西，不过你视而不见；更遗憾的是，错过了一个又一个成功的机会，你依然视而不见。直到有一天，你看到别人因为把握住看似平常的机会而一举成名时，你才醒悟过来。

容易走的都是下坡路

温 纳

英国哲学家詹姆斯说："你应该每一两天做一些你不想做的事。"这是一个永恒不灭的真理，是人生进步的基础，是人们上进的阶梯。支持詹姆斯主张的人很多。参议员艾夫斯有一句名言："容易走的都是下坡路。"

先解决最难的问题

哈佛大学法学院院长庞德，在 90 岁之时，每天仍到他的办公室去工作 8 小时。他的秘书说："他很衰弱，但是每天逼着自己从他住的地方走过两个街口到办公室来，这段路要走一小时，他却一定要走，因为这使他自觉有成就感。"

一天，有个法学院学生从庞德院长办公室里出来，捧着一大堆书，一脸不高兴地低声抱怨说："总是这一套。我问一个很简单的问题，他可以用一个是或否回答，却给我十几本书，说可以在这些书里找到我所要的答案。"

庞德后来说："这就是我学到的读书

方法，艰难费事的方法。那孩子如能好好地钻研这些书，他就可以真正了解这个问题，将来也许会成为一个好律师。"

优秀的专业人员和成功的名人差不多都是不畏艰难、全力以赴的。文艺作品代理人布兰特在一次约会中说："请等一下，我要打个电话。有一件很讨厌的事要做，要早点把它解决掉。"多数人遇到讨厌的事，总是尽量拖延不做。布兰特却表示：我学会了不畏艰难，我所遇到棘手的事，差不多每天都有，我就把它先解决，那么这天的精神就会愉快得多，工作效率也好得多。

并不是想象中那样困难

我们一旦正视困难，就很可能发现它并非像我们所想象的那样麻烦。有个名为琼斯的新闻记者，极为羞怯怕生。有一天，他的上司叫他去访问大法官布兰代斯，琼斯大吃一惊，说道："我怎能单独访问他？布兰代斯不认识我，他怎肯接见我？"

在场的一个记者立刻拿起电话打到布兰代斯的办公室，和大法官的秘书说话。他说："我是《明星报》的琼斯。（琼斯在旁大吃一惊）我奉命访问法官，不知道他今天能否接见我几分钟？"他听对方答话，然后说："谢谢你，1点15分，我按时到。"他把电话放下，对琼斯说："你的约会安排好了。"

事隔多年，琼斯提道："从那时起，我学会了单刀直入的办法。做来不易，却很有用。我每次克服了心中的畏怯，下次就比较容易一点儿。"

大丈夫不从流俗

畏惧也可能有别的表现，例如不愿说出与别人不同的意见。多数人不愿在众人说"是"的时候挺身说"否"。为什么？是不应该

有诚恳的异议吗？诗人爱默生曾说："大丈夫不从流俗。"他说的不是怪僻癫狂的人，而是坦然无畏申述己见的人。许多人所谓的"难事"可能只是坦白说出自己的意见。

可是也有比坦白直言还要困难的事。有人问爱因斯坦他对理科学生有什么忠告，他毫不迟疑地答道："我要劝他们每天以一小时的时间排除别人的意见，自行思考问题，这件事不易做，却很有收获。"

每日做点儿困难的事情

人类的头脑在强行使用之下，常会有极优良的成果。它可能创造出贝多芬的奏鸣曲、一出《哈姆雷特》、一发火箭、电视机、米开朗琪罗的雕刻、摩天大楼、金字塔。但是必须苦思探讨，才能有结果。

考验自己的地方很多。"每日做点儿困难的事"，可能是指读一本深奥的书，强令你运用思想。

一个新闻系学生问名专栏作家亚当斯："你签订合同，要每星期写五篇专栏文章时，你怎能有把握每星期想出五项新意见？"

亚当斯回答："如果容易到有把握的程度，这份工作就无趣了。正因为我每天早晨要苦心思考意见，才能使我认为我不是白拿薪金。"

学生追问下去："如果想不出意见呢？"

亚当斯说："我就坐下来强迫自己动笔。"

任何人每天都有难题需要处理。那些最宁静、最快乐，大体说来最成功的人，就是那些一旦遭遇困难问题就迅速处理的人。这种不畏艰难的方法，到头来是达到心神泰然的最好方法。

心得便利贴

人生如行舟，不进则退。我们每天都要面临不同的困难与挑战，然而没有比脚更长的路，没有比人更高的山，迎难而上，我们必将站在万山之巅！

鞋匠与总统

林清玄

被公认为美国历史上最伟大的总统林肯，在他当选总统那一刻，整个参议院的议员都感到尴尬，因为林肯的父亲是个鞋匠。

当时美国的参议员大部分出身望族，总自认为是上流、优越的人，从未料到要面对的总统是一个卑微的鞋匠的儿子。

于是，林肯首度在参议院演说之前，就有参议员计划要羞辱他。

在林肯站上演讲台的时候，有一位态度傲慢的参议员站起来说："林肯先生，在你开始演讲之前，我希望你记住，你是一个鞋匠的儿子。"

所有的参议员都大笑起来，为自己虽然不能打败林肯却能羞辱他而开心不已。

林肯等到大家的笑声停止，他说："我非常感激你使我想起我的父亲，他已经过世了，我一定会永远记住你的忠告，我永远是鞋匠的儿子，我知道我做总统永远无法像我父亲做鞋匠做得那么好。"

参议院陷入一片静默里，林肯转头对那个傲慢的参议员说："就我所知，我父亲以前也为你的家人做鞋子，如果你的鞋子不合脚，我可以帮你改正它。虽然我不是伟大的鞋匠，但是我从小就跟随父亲学到了做鞋子的艺术。"

然后他对所有的参议员说："对参议院里的任何人都一样，如果你们穿的那双鞋是我父亲做的，而它们需要修理或改善，我一定尽可能帮忙。但是有一件事是可以确定的，我无法像他那么伟大，他的手艺是无人能比的。"说到这里，林肯流下了眼泪，所有的嘲笑声全部化成赞叹的掌声。

林肯没有成为伟大的鞋匠，但成为了伟大的总统。他被认为最伟大的特质，正是他永远不忘记自己是鞋匠的儿子，并引以为荣。

当六祖慧能去拜见五祖弘忍的时候，弘忍问他说："你是哪里人？来我这儿求什么东西呢？"

六祖说："我是岭南人，只求向你学习佛法。"

弘忍笑说："你是岭南人，又是没有受过教化的蛮人，怎么能成佛呢？"

慧能说："人有南北之分，佛性却没有南北的差异，蛮人的身份与和尚的身份虽然不同，佛性究竟有何差别呢？"

弘忍暗中赏识，最后终于把衣钵传给这位岭南来的蛮子、自幼丧父的樵夫。

批评、讪笑、毁谤的石头，有时正是通向自信、潇洒、自由的台阶。

那些没有被嘲笑与批评的黑暗所包围过的人，就永远无法在心里点起一盏长明之灯。

心得便利贴

正所谓英雄不问出处。我们降生在怎样的家庭并非由我们决定，所以也不必抱怨。重要的是我们以怎样的心态来看待自己的处境和旁人的目光，是怨天尤人，庸碌度日；还是奋起直追，自己改变命运，那全在于你自己的选择。

人生的圆圈

[美] 布伦达·乌达巴奈克

大约十年前，我在一家电话推销公司接受业务培训。

主管为了激励我们，有一次在培训课上用图诠释了一个人生寓意。

他首先在黑板上画了一幅图：在一个圆圈中间站着一个人。接着，他在圆圈的里面加上了一座房子、一辆汽车、一些朋友。

然后，他问大家："谁能告诉我，这图意味着什么？"一阵沉默后，一位学员回答："世界？"主管说："基本正确。这是你的舒服区。这个圆圈里面的东西对你至关重要：你的住房、你的家庭、你的朋友，还有你的工作。在这个圆圈里头，人们会觉得自在、安全，远离危险或争端。"

"现在，谁能告诉我，当你跨出这个圈子后，会发生什么？"教室里顿时鸦雀无声，还是那位积极的学员打破沉默："会害怕。"另一位认为："会出错。"接着又是一阵沉默。这时主管微笑着说："当你犯错误了，其结果是什么呢？"最初回答问题的那个学员大声答道："我会从中学到东西。"

"正是，你会从错误中学到东西。"主管于是转向黑板，画了一个箭头，把圆圈当中的人指向圈外。他继续说道：

"当你离开舒服区以后，你就把自己抛到了一个你感到不自在的世界里。结果是，你学到你以前不知道的东西，你增加了自己的见识，所以你进步了。"他再次转向黑板，在原来那个圈子之外画了个更大的圆，包括了更多的朋友、一座更大的房子等等。

"如果你老是在自己的舒服区里头打转，你就永远无法扩大你的视野，永远无法学到新的东西。只有当你跨出舒服区以后，你才能使自己人生的圆圈变大，你才能挑战自己的心灵，使之变得更加坚强，最终把自己塑造成一个更优秀的人。"

心得便利贴

世界那么大，人如果一生都蜗居在自己舒服、惬意的小圈子里，不敢越过界限一步，就将终生与精彩无缘。就像坐井观天的青蛙。其实只要敢于踏出第一步，你会发现，原来外面的世界更精彩。

你是老虎不是山羊

邵　强

有这样一个有趣的故事：

一只小老虎因母老虎被杀而被一只山羊收养。接下来的几个月，小老虎喝母山羊的奶，跟小山羊玩，它在尽力学做一只山羊。

过了一阵子，事情越来越不对劲，尽管这只小老虎努力去学，它仍不能变成一只山羊。它的样子不像山羊，它的气味不像山羊，它也无法发出山羊的叫声。其他山羊开始怕它，因为它玩儿得太粗鲁，而且它的身体太大。这只小老虎退缩了，它觉得被排斥，觉得自己不如别人，但它不知道自己究竟错在哪里。

一天，传来一声巨响！山羊四散奔逃，只有小老虎坐在岩石上不动。

突然，一只庞大的动物走向它所在的空地，它的颜色是棕色的，中间夹杂着黑色条纹，它的眼睛炯炯如火。

"你在这群羊中干什么？"那个入侵者对小老虎说。

"我是一只山羊。"小老虎说。

"跟我来！"那头巨兽以一种权威的口吻说。

小老虎发抖地跟着巨兽走入丛林中，最后，它们来到一条大河边。巨兽低头喝水。

"过来喝水。"巨兽说。小老虎也走到河边喝水，它在河中看到两只一样的动物，一只较小，但都是棕色并有黑色条纹。

"那是谁？"小老虎问。

"那是你，真正的你！"

"不，我是一只山羊！"小老虎抗议道。

突然，巨兽拱起身子来，发出一声巨吼，整座丛林仿佛都为之动摇不已。等声音停止后，一切都变得静悄悄的。

"现在，你也吼一下！"巨兽说。

小老虎张大嘴，最初很困难，但它终于吼出声来，虽然像是在呜咽。

"再来！你可以办到！"巨兽说。

最后，小老虎感到体内有股东西在蠢蠢欲动，一直涌到它的小腹，逐渐地弥漫它的全身，这时，它再也忍受不住了。

"现在！"那只大老虎说，"你是一只老虎，不是一只山羊！"

小老虎开始明白，它为何在跟山羊玩儿时感到不满意。接连三天，它都在丛林中漫步。

此后，当它对自己是老虎感到怀疑时，它会拱起身子来大吼一声。它的吼声虽不及大老虎那般雄壮，但谁又能对它产生怀疑呢？

心得便利贴

生活中，我们难免会对自己的能力产生怀疑，继而迷惘、失落。这时，我们应该静静地思考，问问自己：如果我是强者，为什么还要在彷徨中等待，为什么不用行动来证明我的实力呢？

烦恼与菩提

叶明眉

小时候母亲给我讲了一个叫"蓝鸟"的故事：

一个美丽可人的小女孩正在舒适温暖的家中做功课，突然窗口飞来了一只毛色鲜丽的蓝鸟，蓝鸟不停地歌唱，它的歌声缤纷流丽，使人仿佛看到一座镶满了不同彩石的宝山，璀璨耀目。小女孩被蓝鸟深深地吸引着，不由自主地放下了功课，走出了温暖的家门，跟随着蓝鸟及它那一路上逶迤着的美丽歌声。不久，蓝鸟飞回林中转瞬便失去了踪影，小女孩在林中流连，不断呼唤着蓝鸟的名字，希望再听见它那使人心生喜悦的歌声，可惜的是，蓝鸟不再出现，小女孩失望地悲伤痛哭，一直等到太阳快要下山了，才无奈地回家。

家里亮着温柔的灯光，爸妈一见到小女孩立即破涕为笑，把她拥在怀里久久不放，说："在家里舒舒服服的，为什么跑出家门使爸妈担心呢?"小女孩说为了去找蓝鸟，妈妈指指窗口说："唉! 傻孩子，蓝鸟不是整天都在家里唱个不停吗!"

原来，很多时候所谓快乐和内心的清凉其实一直未曾离开我们，只是我们身在这红尘万丈、光影斑斓的污浊之间，不免会被种种五光十色的影像玄惑而终致迷失了自己。我们本来一如明镜台般洁净无染的水晶之心，便会慢慢地为红尘中的风雨所浊蚀、所熏染、所蒙蔽、所牵引，使我们只能在经验的世界中不由自主地随包罗万象的处境而不停转动。我们没有一刻能停下来喘息，以曾经清凉剔透的心来观照生命中圆融无碍的云月溪山，享受荷塘中温柔地拂过的阵阵凉风……

我们之所以烦恼，只因为我们的心未安。我们见窗外一个动人的身影、听到一曲迷人的曲调，便急不可待地奔出家门，去追踪在十字街头上种种变幻不息的光和影，直至我们的心断裂成碎片。

活在这污浊的人世，烦恼一直未曾也永远不会离开我们，但我们也不要忘记，生命中有死亡的悲痛，是因为它同时有生的喜悦；有衰老的无奈，是因为它同时有青春的飞扬。而这些也都不过是现实世界中的曲折。就从现在起，让我们将我们那颗原本安静明亮的心安定下来，再以这如金刚石柱般坚定不移的本性，自由出入于世界的烦恼与菩提。

💡 心得便利贴 ————————

六祖惠能有言："菩提本无树，明镜亦非台。本来无一物，何处惹尘埃。"在红尘俗世中，烦恼无处不在，我们只要明心见性，以不变之心应对外界纷扰，那么快乐自然就会常在，"蓝鸟"就会常在。

拔除杂草

[美] 克里斯·J. 戴维　沈湘　编译

　　斯恩德有三个孩子，他要求大儿子克莱尔、二儿子卡尔夫和小女儿凯妮每天都去菜园里拔除杂草。尽管三个孩子非常不愿意，但都知道父亲的脾气，于是每天放学后，都乖乖地去菜园拔草。刚开始，他们会互相埋怨。

　　克莱尔说："卡尔夫，你只管往前冲，根本不管身后的草是否拔干净，总是要我重新拔。"卡尔夫说："难道你没看到我拔得最多吗？你怎么不看看凯妮，我拔了一大片，她才拔了几棵！"凯妮则哭了起来："你们看，我的手上都起泡了，还有，我的花裙子又弄脏了。"

　　草并不是那么好拔的，有时拔草的同时，会将菜苗一起拔了出来；有时一不小心就会被杂草的尖刺划破手指。往往这块地里的草还没有拔完，一场雨下来，那块地里又冒出了小草尖尖的脑袋。于是，他们只得每天放学后在菜园里忙碌。慢慢地，孩子们不但学会了拔草，而且也不再抱怨，他们还学会了忍耐。

　　菜园里的蔬菜，因拔除了

杂草而长得郁郁葱葱，而孩子们也都爱上了拔草的工作。直到有一天，克莱尔宣布，他以后不能去菜园拔草了，因为他要去州立大学读书。临走时，克莱尔说："真舍不得啊，这么漂亮的一片菜地。"于是，菜园里只剩下卡尔夫和凯妮了。又过了不久，卡尔夫宣布，他也要去远方读大学，不能去菜园拔草了。最后轮到了凯妮，凯妮走的时候恋恋不舍地对父亲说："以后，菜园里的杂草由谁来拔呢？"父亲说："不用担心，我有除草剂呢。"凯妮不解地对父亲说："您既然有除草剂，怎么还要让我们兄妹几个花费时间去拔草呢？"

斯恩德舒心地笑了，"现在你们兄妹三人都上了大学，不能忘了这拔草的功劳。拔草时，你们学会了忍耐，学会了宽容。要知道，心中的杂草靠除草剂可不行，那要靠自己动手才能拔除。"

心得便利贴

一颗宽容的心是需要时间慢慢培养的，这个过程也许会很辛苦、很漫长，但是这一切都过去之后你会发现它的价值。生活中的许多琐事与其去被动地接受，不如欣然地面对，虽然都逃脱不掉琐事的烦扰，但心境却大不相同。

我的早年生活

[英] 丘吉尔

"每个人都是昆虫，但我确信，我是一只萤火虫。"

刚满 12 岁，我就步入了"考试"这块冷漠的领地。主考官们最心爱的科目，几乎毫无例外的都是我最不喜欢的。我喜爱历史、诗歌和写作，而主考官们却偏爱拉丁文和数学，而且他们的意愿总是占上风。不仅如此，我喜欢别人问我所知道的东西，可他们却总是问我不知道的。我本来愿意显露一下自己的学识，而他们却千方百计地揭露我的无知。这样一来，只能出现一种结果：场场考试，场场失败。

我进入哈罗公学的入学考试是极其严格的。校长威尔登博士对我的拉丁文作文宽宏大量，证明他独具慧眼，能全面判断我的能力。这非常难得，因为拉丁文试卷上的问题我一个也答不上来。我在试卷上首先写上自己的名字，再写上试题的编号"1"，经过再三考虑，又在"1"的外面加上一个括号，因而成了（1）。但这以后，我就什么也不会了。我干瞪眼没办法，在这种惨境中整整熬了两个小时，最后仁慈的监考老师总算收去了我的考卷。正是从这些表明我的学识水平的蛛丝马迹中，威尔登博士断定我有资格进哈罗公学上学。这说明，他能通过现象看到事情的本质。他是一个不以卷面分数取人的人，直到现在我还非常尊敬他。

结果，我当即被编到低年级最差的一个班里。实际上，我的名次居全校倒数第三。而最令人遗憾的是，最后两位同学没上几天学，就由于疾病或其他原因相继退学了。

在这种尴尬的处境中，我继续待了近一年。正是由于长期在差班里待着，我获得了比那些聪明的学生更多的优势。他们全都继续学习拉丁语、希腊语以及诸如此类的辉煌的学科，我则被看作是个只会学英语的笨学生。我只管把一般英语句子的基本结构牢记在心——这是光荣的事情。几年以后，当我的那些因创作优美的拉丁文诗歌和辛辣的希腊讽刺诗而获奖成名的同学，不得不靠普通的英语来谋生或者开拓事业的时候，我一点儿也不觉得自己比他们差。自然我倾向让孩子们学习英语。我会首先让他们都学英语，然后再让聪明些的孩子们学习拉丁语作为一种荣耀，学习希腊语作为一种享受。但只有一件事我会强迫他们去做，那就是不能不懂英语。

我一方面在最低年级停滞不前，而另一方面却能一字不漏地背诵麦考利的1200行史诗，并获得了全校的优胜奖。这着实让人觉得自相矛盾。我位于全校最后一名的同时，却又成功地通过了军队的征兵考试。就我在学校的名次来看，这次考试的结果出人意料，因为许多名次在我前面的人都失败了。我也是碰巧在考试中遇到了好运，考试要求考生凭记忆绘一张某个国家的地图。在考试的前一天晚上，我将地球仪上所有国家的名字都写在纸条上放进帽子里，然后从中抽出了写有"新西兰"国名的纸条。接着我就大用其功，将这个国家的地理状况记得滚瓜烂熟。不料，第二天考试中的第一道题就是："绘出新西兰地图。"

我开始了军旅生涯。这个选择完全是由于我收集玩具锡兵的结果。我有近1500个锡兵，组织得像一个步兵师，还下辖一个骑兵旅。我弟弟杰克统领的则是"敌军"。但是我们制定了条约，不许他发展炮兵。这非常重要！

一天，父亲亲自对"部队"进行了正式的视察。所有的"部队"都整装待发。父亲敏锐的目光具有强大的威慑力，他花了20分钟的时间来研究"部队"的阵容。最后他问我想不想当个军人。我认为统领一支部队一定很光彩，所以我马上回答："想。"现在，我的话被当真了。多年来，我一直以为父亲发现了我具有天才军事家的素质。但是后来我才知道，他当时只是断定我不具备当律师的聪慧。他自己也只是最近才升到下议院议长和财政大臣的职位，而且一直处在政治的前沿。不管怎样，小锡兵改变了我的生活志向，从那时起，我的希望就是考入桑赫斯特皇家军事学院。再后来，就是学军事专业的各项技能。至于别的事情，那只有靠自己去探索、实践和学习了。

心得便利贴

"绳锯木断，水滴石穿"，这些都是坚持不懈积累的结果，人生亦如此。人生不可能一路阳光，成功也不可能一蹴而就，因而需要我们认识自我，不断充实自己的知识，提高自己的能力，从而登上成功的山峰。

一面墙改变一个人的命运

一 哲

沃尔顿收到了著名的耶鲁大学的录取通知书。但是，因为家穷，他交不起学费，面临失学的危机。他决定趁假期去打工，像父亲一样做名油漆工。

沃尔顿接到了一个为一栋大房子做油漆的业务，尽管房子的主人迈克尔很挑剔，但给的报酬却很高。沃尔顿很高兴地接受了这桩生意。在工作中，沃尔顿自然是一丝不苟，他认真和负责的态度让几次来查验的迈克尔感到满意。这天，是即将完工的日子。沃尔顿为拆下来的一扇门板刷完最后一遍漆，刚刚把它支起来晾晒。做完这一切，沃尔顿长出一口气，想出去歇息一下，不想却被脚下的砖头绊了个踉跄，这下坏了，沃尔顿碰倒了支起来的门板，门板倒在刚粉刷好的雪白的墙壁上，墙上出现了一道清晰的痕迹，还带着红色的漆印，沃尔顿立即用切刀把漆印切掉，又调了些涂料补上。可是，做好这些后，他怎么看怎么觉得补上去的涂料色调和原来的不一样，那新补的一块和周围的相比也显得不协调。怎么办？

沃尔顿决定把那面墙再重新刷一遍。

大约用了半天时间，沃尔顿把那面墙刷完了。可是，第二天沃尔顿又沮丧地发现新刷的那面墙和相邻的墙壁又显得色调不一致，而且越看越明显。沃尔顿叹了口气，决定再去买些材料，将所有的墙重刷，尽管他知道这样做，要花比原来多近一倍的本钱，这样他就赚不了多少钱了，可是，沃尔顿还是决定要重新刷一遍。他心中想的是，要对自己的工作负责。

他刚把所需要的材料买回来，迈克尔就来验工了。沃尔顿向他说了抱歉，并如实地将事情和自己内心的想法说了出来。迈克尔听后，不仅没有生气，反而对沃尔顿竖起了大拇指。作为对沃尔顿工作负责态度的奖励，迈克尔愿意赞助他读完大学。最终，沃尔顿接受了帮助。后来，他不仅顺利读完大学，毕业后还娶了迈克尔的女儿为妻，进入了迈克尔的公司。10年后他成了这家公司的董事长。现在提起世界上最大的沃尔玛零售公司无人不知，可是没有多少人知道，现在公司的董事长就是当年刷墙的穷小子。一面墙改变了沃尔顿的命运，更确切地说，是他对工作的负责态度改变了他的命运。

心得便利贴

其实，每个人都是成功的邻居，但由于人太粗心大意，常常与成功擦肩而过。不论你正在从事什么工作，只要认真对待，成功就会主动来拜访你。对生活认真负责吧，你正在谱写自己的命运之歌。

今天比未来更长

月白风轻

佛经里记载了这样一个故事：一位叫波利的大商人与其他 500 位商人结伴入海求宝，航船驶入大海深处，突然，海神从海水中冒了出来，拦住了波利一行人。只见海神双手掬一捧清水，笑容可掬地问波利及其同伴：

"请问大商人，你看大海中的海水与这一掬水相比，哪个多？"

波利从容地回答："我认为你手中的这一掬水多。"

"为什么这么说呢？"海神问。

"从量上说，海水浩渺，掬水不过一捧。可是，海水虽多，但在需要饮水的时候却毫无用处，不能解饥渴。一掬水虽少，而对于干渴欲死的人来说，却是甘泉琼浆。一掬水可以活命的例子数不胜数，世世代代受此福德的人，可以说不计其数啊。"波利回答。

海神听了波利的回答，禁不住欢喜赞叹，随即将身上佩饰的 8 种香璎珞及 7 个宝物送给了波利。然后把波利一行安全送回了他们的家乡。

一掬水之所以比海水更多，是因为这一掬水是可以把握的，海水虽多，却不属于眼下可以利用的资源。一掬水与海水的道理，就像现在与未来之于人的道理一样。未来可能很长，也可能五彩缤纷，总之，未来可以在想象中涂上任何你想要的颜色。只是，不要忘记，未来是个未知数，是眼前的我们所不能切实把握的。只有现在，只有今天，才实实在在地把握在我们手中。古人云："今日不为，明日亡货。"如果不好好利用今天，明天便什么也没有了。

不要去幻想未来有多长，不要把所有的打算都留给未来，未来是一张空头支票，只有现在，只有今天，才切实地把握在你我手中。如果你一直想要看一本书，那么现在就去看；如果你一直都想锻炼身体，那么从今天就开始锻炼；如果你一直想尽孝而没有时间，那么今天就抽时间给父母打个电话或者给父母做点别的事……很多想做的事情我们一直没有做，就是因为在我们的想象中把未来无期限地延长，然后心安理得地告诉自己，总是有时间去做的。可是，未来在没有到来之前，总是虚幻的，我们可以利用的仅仅是今天，仅仅是现在，而今天一旦过去，便永远不会重来！

记住，在茫茫大海中可以利用的就是这么一掬清水，你我真正可以把握的永远只是现在，只是今天！因此，正如一掬水比海水更多一样，今天比未来更长。

心得便利贴

明天对我们来说只是美好的想象，而今天却是你走向未来的起点，也是最值得珍惜的财富。把握今天，就是把握生命，今天不懈地奋斗就是明日成功的基石。

别忘了带鱼篓

林雅仙

我刚毕业那会儿，正赶上就业困难，像我这样的普通本科毕业生随处可见，找一个说得过去的工作都很费劲，更不要说谋一份让人羡慕的好工作了。

一天，为分配忙得焦头烂额的几个年轻人小聚，一起慨叹起生活中的种种艰难，纷纷抱怨自己没赶上好时候，我们的机遇太少了。

这时，一位已届中年的校友跟我们讲起了自己钓鱼的故事——

那会儿，他正对自己的工作感到乏味，落寞中时常拎着渔竿去垂钓，连着去了十多次，换了好多地方，他都是收获寥寥，装鱼的篓子越换越小，最后干脆只拎一把钓竿和少许鱼饵。

那天，钓技还不如他的同事老王约他一同去钓鱼，老王拿了一个不小的鱼篓，见他两手空空，硬塞给他一个小鱼篓。他笑着把它扔了，感叹道："根本用不着，每次都钓不到几条鱼，用手就能拎回来。"

出乎意料的是，那天他们竟鬼使神差似的撞上了鱼群，一条条的大鱼小鱼被甩上了岸。他的鱼饵很快用光了，幸亏老王带得多。

要满载而归时，他又懊悔不已。后悔没有拿鱼篓来，老王的鱼篓装得满满的，他用柳条穿了几挂，但仍拿不了地上那一大堆欢蹦乱跳的鱼。

校友的故事有着一定的寓意，可我们当时谁也没太在意，甚至背后有些不理解校友都35岁了才开始考研复习，都感觉他用功为时已晚。

几年后的某日，当年的几位朋友再次聚会，其中两位已经下岗在做一点儿半死半活的小买卖，另几位也整日为保住自己说不上喜欢的工作绞尽脑汁。说话间大家又提到了那位年长的校友，听说他硕士、博士连读下来，现在很多单位出高薪争着聘他。于是，大家羡慕他在激烈的社会竞争中竟有那么多的机会可自由选择时，又想起当年那个装鱼的篓子。这一次，我们才真正理解了那个故事。

心得便利贴

机会只垂青那些有准备的人。人人都渴望成功，却没有多少人能真正抓住机遇，或者当机遇来临时，在抱怨感叹中贻误时机。就像当年校友那没带来的鱼篓，守着大堆的鱼，却苦于没有鱼篓。人生中能遇到的好的机遇不多，错失了就只剩遗憾。

地图的背面

栅 栅

牧师正在准备讲道的稿子，他的小儿子却在一边吵闹不休。

牧师无可奈何，便随手拾起一本旧杂志，把色彩鲜艳的插图——一幅世界地图撕成碎片，丢在地上，说道："约翰，如果你能拼好这张地图，我就给你2角5分钱。"

牧师以为这样会使约翰花费整整一个上午的时间，这样自己就可以静下心来思考问题了。

但是，没过10分钟，儿子就敲开了他的房门，手中拿着那份拼得完完整整的地图。牧师对约翰如此之快地拼好了一幅世界地图感到十分惊奇，他问道："孩子，你怎么这样快就拼好了地图？"

"啊！"小约翰说，"这很容易。在另一面有一个人的照片，我就把这个人的照片拼到一起，然后把它翻过来。我想如果这个人是正确的，那么，这个世界也就是正确的。"

　　牧师微笑起来，给了他儿子2角5分钱，对他说："谢谢你！你替我准备了明天讲道的题目：如果一个人是正确的，他的世界就会是正确的。"

心得便利贴

　　你的心态决定了你的世界，我们不能苛求世界因为我们而改变，而是要努力改变自己来顺应世界。井底之蛙的悲哀就在于它只看到了自己头上的一片天，可是当你跳出狭隘的小空间，换个角度来审视世界时，你会发现它如此崭新开阔。所以摆正你的心态，你的世界自然就会是正确的。

有一种能耐与生俱来

尹玉生

　　儿子在后院的沙坑里玩耍。他手拿一把红色塑料铁锹，要为自己的玩具车开辟一条道路。这时他发现，在沙地的中央，一块大石头横挡在那里。

　　儿子决心要将石头挪走。他鼓足了劲，推呀推，石头却纹丝不动。聪明的他将石头前方的沙子挖掉一部分，然后将铁锹伸进石头下面，使足浑身力气猛撬，石头翻个身，向前面移动了一段距离。儿子依法炮制，居然将这块石头移到了沙坑的边缘。可惜5厘米高的沙坑边缘阻挡了他的进程，无论他怎样开动脑筋想办法，也无论他怎样调动全身的力量，总也不能将石头弄出沙坑。做了种种尝试之后，受挫的泪水顺着儿子的脸颊潸潸流下。

　　我目睹了这一切。看到儿子伤心的模样，我赶快走过来，用柔和而坚定的语调对儿子说："儿子，别哭，你一定能做到的，只是你需要调动你全部的能耐。"

　　"爸爸，我已经用尽了我所有的能耐了，却还是无法弄走这块大石头。"儿子哭泣道。

　　"不，儿子，"我纠正他道，"你并没有用尽你所有的能耐，至少你并没有请我帮助你啊。你要知道，乖儿子，在你的一生中，有很多人能够帮助你，愿意帮助你，

这也是你能耐的重要一部分。"

我说完这话，便用手轻轻地拿起石头，把它远远地扔在了一边。

其实，不仅是小孩子，纵然是许多成年人，也未必意识得到还有一种能耐可供我们使用，即使是意识到了，也未必能充分有效地使用。

从第一遍读《西游记》开始，我脑子里就一直萦绕着一个问题：会七十二般变化的孙猴子其实很一般，他时时会遇上一些厉害的角色，三招两式一过，便败下阵来。每每此时，猴子便筋斗云一驾，不是去求观音菩萨，便是到玉皇大帝那里搬救兵，甚至连东海龙王，牛魔王都成了求助对象，算得哪门子英雄？

可随着年龄和阅历的增长，我慢慢体会到悟空确实具有大能耐。这种大能耐不仅仅是他那七十二般变化和筋斗云，而是他能够完完全全地调用出他所有的能耐。

一个人无论有多大的能耐，总是有他力所不能及的地方，孙悟空也不例外，但他最终成功了。西行路上，九九八十一难，妖魔鬼怪一路捣乱，自己能打过的，悟空便挥动金箍棒，战而胜之；打不过的，悟空便使出七十二般变化之外的能耐，上天入海，请来能够帮助自己战胜妖魔的援兵，借力胜之。

我们在敬佩羡慕悟空成功的同时，切莫忘记：孙悟空七十二般变化之外的能耐帮了大忙了。

心得便利贴

人生在世，总有许多困难不是我们自己能够解决的，这个时候，请依赖自己天生的那个能耐——请求帮助。这并非是不自立或者懦弱的表现，而是因为我们实在渺小，面对大千世界，总有一些挑战我们无法独自胜任。

挂在墙上的美丽龟壳

英　涛

有段时间，我被某杂志聘任为特约记者，我采访了很多成功人士。回忆一幕幕场景，让我印象最深的是那位 36 岁的工艺品厂厂长。听他说完了他的艰辛创业历程，知道他曾有几起几落的不平常经历，我问他："是什么给予了你在每次的逆境中坚持前行的信念？"

他低头沉思一会儿，然后轻轻转动他的老板椅，微笑着让我看他身后雪白的墙壁上挂着的一个美丽的龟壳标本，缓缓地给我讲这个龟壳的来历：

7 年前，在第一次创办企业失败后，已经倾家荡产的他每天总是失魂落魄，不能正视现状，常常以酒解忧，喝得酩酊大醉。看他这样一蹶不振，新婚不久的妻子心疼不已，就带他四处散心。

一天，妻子带他到一个同学家玩。妻子的同学是位雕塑家。在雕塑家的书房里，他看到一个美丽的龟壳，头部和尾部都有着翡翠一样晶莹的绿色，在绿壳上有着深咖啡色的花纹。整个龟壳的形状像半个篮球，有着优美的弧线。

见他注意到这个龟壳，雕塑家说，这原来是一只生机勃勃的巴西龟的外壳。当年他到巴西旅行时看到这只漂亮的乌龟马上就喜欢上了，于是他用重金买下了这只乌龟。可是这只乌龟太大了，足有 30 公斤，不能随身携带，他想尽办法，通过了层层复杂的手续才把它装进货柜经海路托运回国。

巴西的货轮行驶了三个月才到中国，雕塑家说，他当时以为乌龟可能早死了，如果死了就做成标本。谁知道打开货箱的时候，这只乌龟还睁着炯炯有神的眼睛。

但是让雕塑家没想到的是，这只乌龟在平安经历了三个月的行程后，却在他某次远行时死了。那次是他到另一个城市去指导安装他做的几组雕塑，要离开七八天，怕没人喂乌龟，临走时他放了熟透的香蕉给乌龟做食物。可是等他回来时，发现乌龟死了。原来它一口气吃完了一大串香蕉，把自己撑死了。于是他就把龟壳留着作纪念。

听完了龟壳的来历，他不由深深感慨：在极度饥寒中还能顽强生存的乌龟，却在温暖舒适的雕塑家的家里因为吃得太饱而死亡。看来，在三餐饱暖中节制自己比在危困中忍耐还要难，太安乐容易使人产生惰性，失去奋斗的理想。而危机困境并不完全是坏事，处在艰苦境地中，反而更能挑战人生的极限，激起人迎难而上的勇气啊！

后来，他就成了这只美丽龟壳的主人，他把龟壳挂在墙壁上，时时鞭策自己，不管面对什么样的忧患，都不要丧失斗志。经过不懈努力，他终于走出困境，再次成就了自己的辉煌事业。这只龟壳，便是他追求成功人生的图腾。

心得便利贴 ------------------

　　生命的途中不可能一路阳光，风雨总会无情地袭来。因此，人不能奢求坦途、安于平淡，这样只会让你丧失斗志。勇敢地在泥泞中前行，满怀希望，你便会呼吸到更清新的空气，拥有人生中最绚丽的彩虹。

翅膀只属于鸟

戴建强

有一天，两只井底之蛙对造物主说："请你帮助我们离开这个巴掌大的地方吧。"造物主说："行。现在有两条路供你们选择：其一，给你们延长 20 年的寿命，你们大概需花 10 年时间苦练跳跃之功，等有朝一日依靠双腿的力量跳出井底后，就可以自由生活在广阔的天地；其二，用你们的双腿换取一副翅膀，能像鸟一样飞翔，但是必须一直飞下去，不能作片刻停息，否则，落地之时即为死亡之时。"

甲蛙选择了第一条路，乙蛙选择了第二条路。10 年后，甲蛙凭着健壮的双腿，终于跃出井底，放眼四周时，它发现乙蛙正躺在井口不远

处呻吟，看样子已无生还的希望。原来，失去双腿的乙蛙，以为拥有翅膀就可弥补自身的缺陷，很是庆幸地享受着飞翔带来的快乐，但时间一长，它渐渐感到无休止的飞翔非常单调乏味。最后，它下定决心，明知落地即亡，也要让拍打的翅膀停下来。

许多时候，弥补人生的短处或劣势，最有效的办法不是取人之长来补己之短，而是努力化己之短为己之长，正如翅膀比腿要飞得高，但毕竟它只属于鸟而不适用于蛙。

心得便利贴

鸟属于广阔的蓝天，青蛙属于广袤的大地。青蛙乙选择拥有鸟的翅膀，却陷入永远无法停止的飞翔。每个人都有自己的人生轨迹，不要艳羡他人，勤奋刻苦地磨炼，总有一天你会跃出深井，拥抱世界。

省略阳光

马 平

一家著名的国际贸易公司高薪招聘业务人员，应征者络绎不绝。在众多的应聘者中，有一位年轻人条件最好：毕业于名牌大学，又有在市外贸公司工作三年的经验。所以他坐在主考官面前时，非常自信。

"你在外贸公司具体做什么？"主考官开始发问。

"做山野菜贸易。"

"哦，做山野菜贸易。那你说说，对业务人员来说，是产品重要，还是客户重要？"

年轻人想了想，说："客户重要。"

主考官看了看他，又问："你做山野菜贸易应该知道，山野菜中蕨菜出口主要是对日本，以前销路非常好，有多少收多少，可是最近几年，国外客商却不要了。你说说为什么？"

"因为菜不好。"

"那你说说，为什么不好？"

"嗯，"年轻人停顿了一下，"因为质量不好。"

主考官看了看他，说："我敢断定，你没有去过产地。"

年轻人看着主考官，沉默了30秒，没有说是，也没有说不是，却反问："你怎么能看出我没去过？"

"如果你去过，就应该知道为什么菜不好。采集蕨菜的最佳时间只有十天左右，在这期间蕨菜非常鲜嫩好吃，早了不成，晚了就老了。采好后，要摊开放在地里晾晒一天，第二天翻过来再晾晒一天，等水分蒸发干，然后再成把捆好，装箱。等食用时放在凉水里浸泡一下就可以了。可是当地农民为了多采多卖，蕨菜采到家，不是放在地上用阳光晾晒，而是放在炕上，点火加热，这样只用两个小时就烘干了。这样加工处理的蕨菜，从外表上看哪都一样。可是食用时，不管放在水里怎么泡，都像老树根一样，又老又硬，根本咬不动。国外客商发现后，对此提出警告，一次，两次，可还是如此。结果，人家干脆封杀，再也不从我国进口了！"

年轻人听了，不好意思地低下头，"我是没有去过产地，所以也不知道你说的这些事。"

年轻人带着遗憾走出外贸公司的大楼。这位最有希望入选的年轻人最终没有被录取。这样的结局，从他离开主考官的那一刻，就已经知道了。他非常清楚：像这样著名的国际大公司，是不会录取他这样一个工作三年、整天陪客户吃饭却没有去过一次产地的业务人员的！他就像那些一心想加工速成蕨菜的农民，省略了两天的阳光，但是最终被烘干的却是自己！

心得便利贴

省略了阳光的蕨菜，味道变得大不如前，人生亦是如此，既要经历孩童时的纯真，又要走过青春时的浪漫；既要领略中年时的成熟，又要欣赏老年时的沧桑。任何一段时期都是不可省略的，省略了就失去了人生的味道。

成长的阶梯

白岩松

一 酒醉后的清醒

16岁的时候，我上到很关键的高三，那时候，已是1984年的秋天。

经过几年高考，全社会对上大学这件事已经变得格外重视。记得1979年，哥哥考上大学的时候，全家虽然也很高兴，但毕竟还没有命系高考的压力。可到了我上高三这一年，已经明显感受到家人、老师对自己的期望。毫无疑问，来年的高考，成了我高三这一年冲刺的目标。

遗憾的是，我自己却没有这种紧张感，在班里，有一半是外地来的住校生，他们大多来自农村，因而成熟得也似乎比我早。平日里，他们勤奋而又刻苦，希望来年的高考一举中的。看着他们刻苦学习，我却迟迟找不到感觉，心里也急，也知道高考将至，那会是人生中面临的第一次大考，但长期松散惯了，一脚刹车踩下去，带着惯性的车轮却不会马上停下来。因此，高三上半学期过去，学习虽有些起色，效果却并不明显，成绩在班里一直处于中后水平。直到这学期过后的春节期间，一个意外事件的发生，才如大棒狠击了自己一下，头脑有些清醒过来。

　　大年初二，我和初中时的同学聚会，不太会喝酒的我们，鬼使神差般买来很多酒。也许是这个时候，大家面临高考，大多心里没底，压力也大，因而不胜酒力的我们，竟奇迹般将买来的酒都喝了下去。后果自然严重，我神志不清地告别了同学，骑上自行车回家。

　　由于酒精的作用，一路上，我不知道摔了多少跟头，等到了家门口的时候，我浑身上下的衣服又脏又破，好多地方还流了血，自己却毫无感觉，若无其事地进了家门。

　　当时，母亲正在做菜，家中姥姥要过生日，一片喜庆的气氛，然而正在做菜的母亲看到走进家门的我，一下惊呆了。可能是我浑身是泥土和鲜血的样子，让母亲大为震惊，手中切菜的刀一下将自己的手指切了个口子，母亲的血染红了菜板。

　　家里一下乱了，亲人们对我又是心疼，又是生气，而母亲又受了伤。后来我想，那一瞬间，刀伤不会让她感受到疼，真正的伤痛一定来自心中。还有半年多，这个儿子就要参加高考，可现如今，他却如此不争气地回到家中，绝望，在母亲的心中该是有一些的吧！

　　我哥一看事情陷入僵局，立即将我送到他同事的空宿舍里，几天之中，让我不要回家，慢慢养伤，以免回家让母亲看到再生气。

　　酒很快醒了，我感到前所未有的不安和内疚，一种恨自己不争气的感觉时常出现。那几天，室外依然是阵阵鞭炮声，一片春节的祥和气氛，然而，对我来说，却是人生走过 16 年之后，第一次孤独地面对自己，开始向自己提问，然后试着解答。浑浑噩噩的生长过程，在这几天之中，突然停下脚步。这一次意外的闯祸，竟成了我新的开始。我意识到自己再也不能这样下去，我已经不是孩子，人生中第一次大考，就要在半年后来临，如若不尽快告别不争气的状态，我将对不起自己和家人。

几天之后，身上的伤全好了；心中的病，在这几天之中，似乎也已经找到了对应的药方。酒醉了一次，却让 16 岁的生命清醒过来，我想，我不会再让母亲失望的。

回到家，见到母亲，内疚依然。母亲没有多说什么，我也没有，只是知道，与其说些什么，不如去行动。我已经明显地感到：16 岁，这一顿荒唐的醉酒，竟奇迹般让自己找到了成长的感觉。

或许，这件事竟真的成了一次转折。

二　从表扬得来的自信

高三下半学期一开学，就真的进了冲刺阶段。如果说，一次醉酒后面对自我，找到了希望向上的动力，那么，这个学期刚开始的一次考试，又让自己找到了自信的感觉，于是，一切都好了起来。

可能是学习成绩在班里处于中下游的时间太长，因而很少得到老师的表扬。心中也就多少有些自卑。

但奇迹发生了。

有一次模拟考试，试题比高考都要难，尤其数学试卷难倒了很多人。老师判完试卷，意外地发现，全班只有两个同学及格，一个是我们班学习成绩历来都很好的同学，另一个就是我。

意外归意外，老师并没有吝啬表扬的话语，在班上，我第一次被表扬得红了脸，同学们也都把佩服的目光投向了我。

第一次得到这种鼓励，我心里舒服极了，同时也开始有些兴奋的期望：这一次也许是意外，但我应该对得起人家的表扬，下一次，我得成绩更好！谁也没想到，这一次表扬，竟迅速地使过去"要我学"变成了"我要学"，鼓励对成长所起的作用，我是真正领教了。

这之后，我开始全身心地投入学习之中，不仅刻苦，而且格外注重学习方法。由于我是学文科的，因而将各科的课本都装订起来，然后制订每天的学习计划，今天的任务完成了，即使时间还有也不再多看，今天的任务没有完成，再晚也不睡觉。大多数时间，我都是提前完成一天的学习计划，于是，学习终于成了一件乐事。

经过一学期的奋战，高考成功了。那一年的 8 月 19 日，我接到了北京广播学院的录取通知书，第二天，恰好是我 17 岁的生日。高考的成功，也就成了我送给自己 17 岁最好的礼物。

一转眼时间已经过去了十五六年，不厌其烦地记述以上两件事，不过是想告诉今天十六七岁的朋友们：人不怕犯错误，犯了错误，如果能带着教训和反思爬起来，错误就会成为课堂，与此同时，在一个人成长过程中，得到的训斥如能少一点，而表扬和鼓励多一点，也许每个十六七岁的人前

进的脚步会更快一些。这一点，就不是说给少年听的，而是说给老师和家长的了。

很多年过去，我依然感谢那位表扬我的老师，如果当时，他因为我过去成绩一般，而不肯表扬我，甚至对我的成绩表示怀疑，那我就不会迅速从自卑中找到自信，也许结果会是另外的样子。因此，我想，每个少年都渴望成功，但成功必须从自信开始，而自信，可能正是从家人或老师的一次不经意的鼓励开始。想让每一个十六七岁的孩子都留下美好回忆吗？请把鼓励给他们吧！

最后愿每个十六七岁的日子都闪光。

心得便利贴

相对于我们整个人生所经历的伤害来说，少年时的伤痛是一笔巨大的财富，我们可以在伤痛中学习和成长，在挫折中汲取力量。在经过漫长的挣扎和拼搏之后，我们终有一天会破茧成蝶，飞向花海，飞向蓝天。

阻挡你的痛

莫 离

回想自己大一那年，念叨得最多的词是空虚、郁闷。下课了无所事事，空虚；睡觉睡不着，郁闷；接连几个星期都接不到一个电话，空虚；桌子上柜子里乱糟糟的，郁闷；期末考试前无从下手的一大堆论文笔记，空虚加郁闷……日子，便在这空虚与郁闷的不规则交替中如白驹过隙般溜走了，一年四季，春夏秋冬，花开花落，在我大一的年轮里刻下的只是一段段迅速闪接的快镜头：空虚与郁闷争先恐后挤着登场。心里，像被塞了一团正淋着霏霏细雨的茅草，在晦暗潮湿的角落里盘根错节地疯长蔓延。我惶恐不安却又无可奈何，直到大一暑假那个夕阳洒满窗格的午后读了那则故事，才如顿悟一般，一切云开雾散重见天日了。

——古时，有一位女子想得知世界上最高的真理是什么，于是她去拜访深山里一位得道的禅师。

禅师没说什么，只是拿出一大堆书让她读。于是她便在山上住下，虔诚地读起那堆书来。

次日傍晚，禅师问她悟出了什么没有，她说没有。禅师没说什么，只是离去时给了她当头一棒。第三天傍晚，禅师又来了，再问，她还是没有，禅师又没说什么，给了她当头一棒，离去了……如是些许日子。

直到有一天，禅师又来了，问她悟出了什么没有，她依然茫然地摇头。但当禅师举棒欲打时，她抬起手挡住了那一棒，禅师笑了，说："你可以走了。至少你已懂得了——阻挡你的痛。"

"阻挡你的痛。"看到这句话时我的心悚然一紧，继而会意地笑了：在烦嚣的尘世间，还有谁比你更懂自己，更清楚自己因何而痛苦不堪。我微笑着对自己说：也许，我该试着换一种活法。

9 月返校后所做的第一件事，就是将桌子、书柜、衣橱彻底地清理归顺，在墙上抬头可见的地方贴上那幅自己最满意的涂鸦，斜斜地有些艺术地挂起那只插满金黄雏菊的藤编花篮，铺上自己最喜欢的蓝白格子桌布……整齐罗列的书，赏心悦目的画，心旷神怡的花……从那一刻起，我知道自己再也不用忍受辗转奔波于公寓与学校与自习教室间的颠沛流离之苦了。

周末的傍晚，搁置起囤积一周的疲惫，兴致益然地穿过华师，迢迢地到花市去为自己挑几枝花。徜徉在争妍斗奇的花丛中，我一次又一次地为大自然的千娇百媚所折服：冰清玉洁的马蹄莲，高洁淡雅的兰花，翩翩似蝶的蝴蝶兰，笑靥盈盈的非洲菊，不胜娇羞的郁金香……一周以来的郁郁寡欢不知不觉中被红花绿草和卖花大妈热情洋溢的笑给挤了个烟消云散。于星星点点的华灯中走在回寝室的路上，看着手中捧着的几枝将赐予我一周好心情的花，脚底都快乐得生风了。

睡不着的夜晚，披衣下床，泡上一杯茶，看着缱绻慵懒的菊花在开水的润泽下翻腾、舒展、绽放，弥漫出

057

一杯清幽的香。白天那些执拗晦涩的理论，这一刻居然井然有序地进入大脑自动保存起来；这时随意抹下的带点哲理的对生活的感悟，不期然三三两两就变成了铅字；在一笺素洁的信纸上，温言软语地跟妈妈说在学校一切都好，最近又胖了；提醒爸爸注意身体多休息，自己在学校会好好学习，会跟同学处好关系……慢慢地发现，于夜深人静时守着一只台灯看书、写字，原来是这等的闲适自在。

……

日子如涓涓流水般从指缝间淌过，转眼半年多过去了。有一天晚上坐在桌前翻看以前的日记，蓦地看到大一时的这个时节写下的一段话：一年前，我尚不曾有片刻的闲暇得以体会空虚这种奢侈的感觉，更不曾想过世上会有个词叫郁闷；一年以后的今天，自己却在空虚、郁闷的酱缸里浸泡了个透；明年的我，又在何方？

我不禁莞尔：一杯茶来一支笔，无拘无束且无碍！

心得便利贴

一份安适恬淡的心情，不仅可以驱散生活中的阴霾，隔离世俗琐事的纷扰，还可以揭示我们从未发现的美好。生命即一种心境，从中我们能品味出温馨与快乐。

无言的境界

贾忆丙

左邻右舍，每逢吃点什么新鲜东西，相互间常给邻居端上一碗。这回你给我，下回我给你。如果把来往的次数统计一下，你会有趣地发现，收的和给的几乎相等。可是，如果有人生了一个小心眼儿，送人东西的时候，总想着让人还回来，或者直接讲明："这回我送你，下回你得送我。"那么，同是邻舍往来，这气氛还会融洽吗？同样是送东西，同样是互相帮助，双方谁也不提你送我几次，我帮你几回，然而各自内心都充满着感激之情，体味着邻居、朋友的友好情谊，这就是无言的境界。早上，你正要去上班，发现孩子发烧了，但没等你开口，邻居大娘主动提出由她来照看，这不更是一种无言的境界吗？

家庭关系就应当是一种无言的境界。体会一下母爱吧！那些不善于辞令的慈祥的母亲，对自己儿女的一举一动，包含着多少胜过语言的"语言"啊！体会一下热恋中的情景吧！那些充满着关心、爱护、体贴之情的行动，难道需要用语言来表达，或暗暗计算你来我往的次数吗？可是，在现实生活中，我们发现无言境界受到了威胁。

注意到了吗？无言境界正在变为"有言境界"。妈妈对孩子说："妈现在这样待你，今后你可别忘了妈！"恋人对恋人说："咱们认识这么久了，人家小王的男朋友早给她买了皮大衣……"可怕的是，我们对此似乎司空见惯了。仿佛父母爱护子女，就是为了日后得到报偿；而恋爱过程，无非是以一种爱的方式逐次把聘礼"交付"而已。结果，儿女结婚，做父母的有权干涉，因为孩子是自己养大的；而支付了钱财的一方，婚后有权向另一方索取"温情""服侍"和其他的一切。在有的家庭中，这种"有言"甚至成为赤裸裸的金钱的语言。特别是在西方所谓现代文明社会里，人在家庭中犹如在交易所里，那里没有温暖，只有利害的权衡和交换。一首联邦德国的流行歌曲唱道：妈妈看到孩子留下的条子，上面写着他自己做了多少家务，妈妈应当给他几个马克，妈妈哭了，因为妈妈在孩子做事时，没有想到钱……妈妈为什么哭？她悲哀的是，孩子把母子之爱的无言境界转化成为雇佣的金钱语言。这首词曲哀婉的歌所以能拨动千万人的心，就因为在当今世界上，许许多多的人都感受到了失去亲人间那种无言境界的痛苦。

也许有人不以为然。那么，请你静心回顾一下自己家庭生活的那些小情景吧，你会感到生活中确实有"多余之言"。

丈夫对妻子说："这个星期的饭是我烧的，下星期该你烧了。"妻子答："好的。"二人没为家务事争吵，这当然是好的。但仔细分析一下，这里面包含着一些冷冰冰的味道。因为丈夫那句话是多余的。妻子为什么不能主动地说"下星期你忙你的，我来烧饭"呢？如果下星期妻子也没空，她说"噢，不行，下星期还得请你来帮忙"这相敬如宾的话，在某种程度上仍是多余的，因为夫妻的密切关系使丈夫应该了解妻子的各种情况，他为什么不能体贴地把妻子的困难考虑在内并同她商量，而要搬出这星期如何如何作交换呢？而妻子还要像欠了人家什么东西那样请丈夫"帮忙"，我们不感到其中缺少点什么吗？再举个例子：你风尘仆仆地外出归来，爱人把水烧开了，饭菜也做好了，虽然没有一句话，你心里是什么滋味？反过来，你到家什么也没有，一切都需要你用语言来请求"帮忙"，甚至提出"上次你出差我是怎样待你的"之类，你心里又是什么滋味？

让我悄悄地告诉你，夫妻关系不但有这些一般的相互交往，夫妻共同生活的密切程度和特殊关系要求更自觉的体贴和默契。体贴，就是揣摩对方的处境和要求，不待对方出"言"，就主动关心、帮助；默契，就是心有灵犀一点通，不必用"言"来露声露色，更不必用"言"来斤斤计较、讨价还价。那么，无言的境界意味着什么？

这是一种爱，深沉的爱、无私的爱、不计利害的爱。有了这种感情，便一心为了对方，想不到或来不及想到自己这样做应该得到什么样的回报。所以，在家庭生活中，真正的父母子女之爱（父母对子女，子女对父母），真正的夫妻之情，都应当是"给予"而不是"索取"。

无言的境界还意味着，在最亲密的人们之间，存在着无须语言说明的思想和感情的沟通。这就是一种你中有我、我中有你的境界，在这里，借助于语言的沟通，让位给自己内心的体味，而且体味得那么真切，真切得超过对自己的了解。一句话："你呀，你把我没想到的也想到了！"也许这算是无言境界中的一"言"吧！

心得便利贴

爱是无声的奉献，没有任何理由。我们在爱的呵护下，渐渐淡忘了爱的存在价值，反而会为了自我的需求去索取更多的爱，这是自私的。爱不是单方面的索取，而是要靠彼此心灵沟通来维系的，只有共同创造的爱才是我们梦的归宿。

自负的白鹳

清　山

鳄鱼是一种冷血动物，阳光是它的运动饮料，一天中如果没有阳光照射在身上，鳄鱼就会变得浑身酸软，甚至动弹不得，形如朽木。所以鳄鱼都喜欢在岸边长时间地享受日光浴，当身体的温度渐渐升高，鳄鱼的身体部件就仿佛被充了电的电池，开始四下窥探猎物，伺机行动。

鳄鱼的邻居白鹳住在河岸的大树上，树干的侧枝几乎覆盖了半个水面。白鹳就在这些枝干上筑巢、哺育后代。对于其他生活在陆地上的动物而言，鳄鱼凶残无比，令人避之唯恐不及。而这些高高在上的白鹳对鳄鱼很是不屑。它们认为行动缓慢、丑陋无比的鳄鱼面对它们注定只能望洋兴叹、一筹莫展。

　　当白鹳幼鸟渐渐长大，即将振翅高飞的时候，它们在枝头上追逐嬉闹，全然忽视了水面上一双双虎视眈眈的鳄鱼的眼睛。鳄鱼轮流在岸边"充电"，待积攒了足够的能量时，就潜到树下的水中，等待这些得意忘形的白鹳自己犯错误。打闹中，果然有白鹳在枝头上站立不稳，跌落下来，鳄鱼大嘴一张，直接把失足的白鹳拖入水中。

　　如果在长时间的等待中，白鹳都没有主动犯错误，这些看似弱智的鳄鱼，竟然会用自己的身躯猛烈地撞击树干，让这些欲飞不能的白鹳稍有不慎便会跌入水中。在白鹳眼里像"癞蛤蟆"的鳄鱼最终吃上了"天鹅肉"。

　　白鹳的悲剧告诉我们，生活中千万别轻易接近危险区域，即使自认为有着超强的免疫力和抵御风险的能力，小瞧敌人的力量，就是在削弱自己的力量，在最得意的时候，危险将会在瞬间降临到自己的头上。

心得便利贴

　　西方谚语说：要想保持一口好牙齿，要做到早晚刷牙，不吃甜食还有少管闲事。生活中，要想避免伤害，就要远离是非之地，不惹是非之人。远离危险，洁身自爱。如果不想被伤害，就不要给别人伤害自己的机会。

一杯暖暖的冰红茶

寥孟秋

在我家旁边新开了一家海鲜自助餐厅，朋友邀请我和妻子一起去品尝。

这家餐厅地点适中，停车位宽敞，装潢气派，菜的味道也相当不错，大家都深深感到来对了地方。

没有多久，我的手机响了。原来，我担任顾问的一家公司的董事长有急事找我，因他也在餐厅附近，就请他前来分享。

不久他来了。他一坐下，服务小姐立刻走过来，拿起账单："现在是五位，多了一位。"新来的朋友立刻说："不必了，我已用过餐，跟寥教授聊一会儿就走。"

小姐听了，立刻收起笑脸，告诉他："那你不能吃喔，只要吃一点点，我们马上算你一份。"然后扭头就走。

我这位朋友非常尴尬，倒是做东的朋友赶紧打圆场说："吃吧，吃吧，算在我的账上。"

小姐的言语举止，严重破坏了原来美好的气氛，没坐多久，我们就离开了。事隔数月，我再没有去过这家餐厅，也没有再次光临的打算。

两个月前，儿子带我与妻子到一家自助餐厅用餐。坐定不久，儿子的同学从窗外走过，看见我们，就走进来打个招呼。他告诉服务小姐已用过餐，小姐微微一笑，片刻后就送来一杯冰红茶给他，这让我们很感动，霎时觉得这间不大的餐厅里充满了浓浓的亲情。我相信这位同学一定会成为这家餐厅最忠实的顾客。

事情已经过去许久，我还在不断地品味那一小杯冰红茶飘来的温情。其实，我们不经意间的一个小小善举，往往会让他人感动不已，甚至铭记终生。

心得便利贴

在相同的情况下，不同的处理方法就会产生不同的结果。其实，在我们成长的道路上类似的经历比比皆是。"众口铄金，积毁销骨"。因此，在遇到问题时，我们应该周密思考，选择最佳的处理方法，继而赢得人们的肯定，并以此增强我们的信心，提升我们的勇气，铸就我们辉煌的人生。

一则为青年人而作的寓言

占梅姿

从前，有一位画家想画出一幅人人见了都喜欢的画。画毕，他拿到市场上去展出。画旁放了一支笔，并附上说明：每一位观赏者，如果认为此画有欠佳之笔，均可在画中标上记号。

晚上，画家取回了画，发现整个画面都涂了记号——没有一笔一画不被指责。画家十分不快，对这次尝试深感失望。

画家决定换一种方法去试试。他又摹了一张同样的画拿到市场展出，可这一次，他要求每位观赏者将其最为欣赏的妙笔都标上记号。当画家再取回画时，他发现画面又被涂遍了记号——一切被指责的地方，

如今却都换上了赞美的标记。

"哦!"画家不无感慨地说道,"我现在发现了一个奥妙,那就是:我们不管干什么,只要使一部分人满意就够了,因为,在有些人看来是丑恶的东西,在另一些人眼里则恰恰是美好的。"

心得便利贴

"金无足赤,人无完人",因此不必过分在意他人的评论而苛求自己。生命如歌,高昂或低沉都由你自己决定,敞开胸怀,堂堂正正地活出自己的特色,这样的人生才是最精彩的。

仰视的理由

[美] 沙奎尔·奥尼尔　流 丽　译

（沙奎尔·奥尼尔是美国湖人队前中锋，身高2.16米，外号"大鲨鱼"。）

我记得，那时我刚刚升入中学，正是把友谊看得比什么都重要的年纪。可偏偏我长得太引人注目了：我的个子太高了，要比身边的同龄人高得多。身高常常让我备感孤独，毕竟，有谁愿意一直仰着头和朋友说话呢？为了不让同学们过于注意我的高个子，甚至为了不让有些人取笑我是"傻大个"，我加入了罗克斯的小帮派。我们的目标与乐趣就是尽可能地给队伍以外的所有人都安上又损又搞笑的绰号。

为了能在队伍中显得"出色"，我甚至给别人起过一些侮辱性的绰号。起初，那些同学仰起脸来狠瞪我的目光就像鞭子一样抽在我的心上，但在死党的吹捧和赞扬下，我也就渐渐麻木甚至扬扬得意起来，直到有一天我当面侮辱了班吉明。这个小个子男生连看都没有看我一眼，冷笑着从我身边走过。我听见他轻轻地对我说："因为鄙视，我懒得抬头。"我恼羞成怒地转过身去咒骂他，却看见了站在不远处的

父亲，我的脸一下子变得煞白。

父亲对我的管教一直非常严格。从小他就教育我，要像对待自己的兄弟姐妹一样与伙伴们真诚而友善地相处。我以为父亲会狠狠地教训我，然而，父亲却只是走到我面前，十分严肃地对我说了两句话，说完便拍拍我的肩膀走了。

那天我一直呆呆地站在那里，好久才发现自己哭了。

第二天，我非常坚决地退出罗克斯的帮派，我不在乎他们的不解与嘲弄；我真诚地向自己过去伤害过的每一个人道歉，包括我的父亲；我申请加入了校篮球队，一年后，我当上了队长……

光阴荏苒，很多年过去了，我一直都是非常高的个子。从当初那个青涩的男孩到现在略显啤酒肚的大叔，我永远要比同龄人高出许多。但个子不是问题，真的。我的朋友们很喜欢和我聊天，他们常常仰起脸来朝我露出会心的微笑。我儿子个子也很高，当这个小家伙开始为自己的高个子烦恼时，我就会一遍又一遍地告诉他两句话，也就是父亲当年敲醒我的那两句话：

"你只有尊重人，才会得到别人的尊重；既然大家都要仰头和你说话，请给他们一个仰视你的理由。"

心得便利贴

一句话语，受用一生。在陷入人生的沼泽地时，是父亲的一句忠告使奥尼尔调转了人生之舵，这才有了今天成千上万球迷喜爱的"大鲨鱼"。所以说，人与人相处只有具备了理解和尊重才会变得和谐。

捕获意外

汪 洋

　　人的一生中总是难免遇到改变自己人生的诸多意外。有这样两个人对这些意外进行了很好的诠释，一个是美国的王牌歌手惠特尼·休斯顿，另一个是世界著名的女记者克里斯蒂安娜·阿曼波尔。

　　十多岁时，惠特尼·休斯顿在她母亲——20 世纪 60 年代美国"甜美灵感"乐队创始人的培养下，拥有了良好的歌唱才能。休斯顿 17 岁那一年，一次她正在为当晚与母亲同台演出的演唱会做准备时，突然接到了母亲打来的电话："我的嗓子坏了！不能唱了。"听完母亲的话后，休斯顿很着急地说："我总不能一个人上台去唱啊！"她的母亲却对她说："你完全能够一个人唱，因为你很棒！"于是，休斯顿因为母亲的意外生病，第一次独自走上了舞台。

　　结果休斯顿一唱成名，成了美国的王牌歌手。

　　克里斯蒂安娜·阿曼波尔的姐姐报名参加了一个新闻培训班，可是才两个月的时间她就再也不想接触新闻了。阿曼波尔觉得姐姐这样是一种浪费，便独自一人跑到学校去，试图讨回姐姐所交的学费。可是校方不肯退还学费，阿曼波尔心想，交了学费却不来学习，太不划算了。于是，她便代替姐姐去上了这个新闻培训班。

最终，阿曼波尔成了世界著名的女记者。阿曼波尔对决定自己人生道路的这个意外如此解释道："说起来这就像一次盲目的约会演变成了一场真正的恋爱，完全是一个意外。"

的确，休斯顿和阿曼波尔的成功都是一次意外促成的，如果没有那一次意外，也许美国就少了一个王牌歌手，这个世界就少了一个优秀的女记者。但是从休斯顿和阿曼波尔的意外成功中，我们不难发现一个共同点，那就是她们捕获意外的敏捷性。其实，这所谓的意外不过是上天在她们前进的道路上给她们的一个机遇。关键的是，休斯顿和阿曼波尔都捕获了这个意外的机遇，并将其抓住，最终获得了成功。

生活中，总有那么一些人时时哀叹命运的不公，说上天没有赋予自己良好的发展机遇。果真是这样的吗？其实不然。上天对待每一个人都是公平的，在给予别人机遇的同时，也在给予你同样的机遇。也许，那些机遇的到来并不是那么明朗，完全在你不可预料的情况下意外地出现了。这个时候，能否获得成功，关键就在于你捕获这种意外的能力了。

心得便利贴

机遇总是在不经意间来到我们身边，有实力的人会牢牢地抓住机会并加以利用，从而捕获到意外的成功，而无能的人只能眼睁睁地看着机会白白溜走。做好准备吧，耐心地等待下一个机会的降临，成功就在不远处。

第二章

飞向大海的鸟

　　想做一个成功的人，就应该更加懂得观察，懂得思考，善于从平凡的生活中发现成功的蛛丝马迹，然后大胆地抓住机会，创造人生的辉煌。

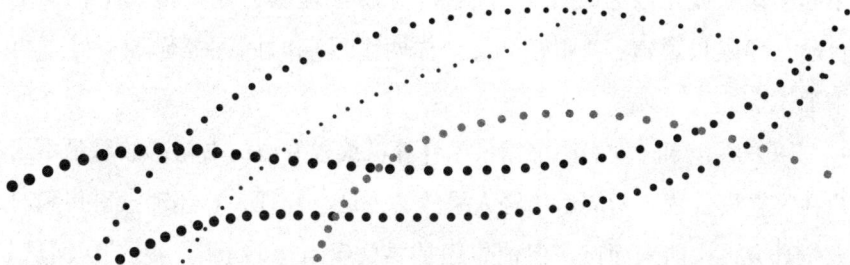

5 次敲开微软之门

唐维东

有个找工作的年轻人来到微软分公司应聘，金发碧眼的洋总经理一时没反应过来，因为公司没有刊登过招聘广告。见总经理疑惑不解，年轻人便用不娴熟的英语解释说自己是碰巧路过这里，就贸然进来了。总经理听清后颇感新鲜，心想莫非对方真是个人才？便笑着说那今天就破例一次。

面试的结果却出乎意料。对总经理来说这是他在微软任职以来所经历过的最糟糕的一次面试。年轻人的中专学历与微软所要求的本科学历不符，他对软件编程也只略知皮毛，对于总经理提出的许多专业性问题，年轻人要么答非所问，要么根本就回答不上来，面试中双方几次陷入僵滞的尴尬局面。

面试结束，总经理显得很失望，他对年轻人说："要知道微软公司人才荟萃，从高级管理到专业技术人员，都堪称业界精英，微软的大门不是能够轻易叩开的。"正当总经理要回绝他时，年轻人说："对不起，这次我是因为事先没有准备。"总经理认为他只是找个托词下台阶，便随口说道："那好，我给你两个星期时间，等你准备好了再来面试。"

回去后，年轻人去图书馆借了计算机编程专业的书籍，然后足不出户在家昼夜苦读。两周后年轻人果然又去见总经理，总经理没有想到对方竟真会再次前来面试，但他想还是要兑现当初的承诺。第二次面试，年轻人对总经理提出的相关专业问题已基本能应付下来，不过他仍没有通过面试，因为凭他的编程知识与微软所要求的软件工程师水平相差实在太悬殊，但在总经理眼里，两周时间里能有如此进步已经是很不容易了，面试结束后，总经理建议性地问道："不知你对微软的其他岗位是否感兴趣，比如销售部门？"年轻人接受了建议，可是对于销售他却一窍不通，于是总经理又给了他一周时间去准备。

离开微软后，年轻人去书店买了一些关于营销的书籍，又埋头苦读一周。可令人感到晦气的是，一周后，年轻人虽然在销售知识方面进步不小，但他仍没能通过面试。无奈之下，总经理只能歉意地摇头并问年轻人，为何你偏要应聘微软呢？年轻人的回答令总经理大出意外，他说："其实我并非只想应聘微软，我也知道微软录用人时的苛刻条件，我只是想哪怕不行，好歹也积累了一定的应聘经验。"总经理哑然之余，不乏幽默地说："那我就多给你几次增长经验的机会。"结果为了应聘，年轻人总共在微软面试了5次，前后共用去两个多月的时间，而总经理也破天荒地给予一个普通的中国小伙子5次机会。

在第五次面试时，年轻人没有回答任何问题，因为当他第五次跨进总经理办公室时，总经理已经对他宣布，其实在第三次面试时他就已经成为微软的一员了。见中方副总经理迷惑不解，洋总经理解释说，我发现他接受新东西的速度非常快，这说明他是一个有发展潜质的不可多得的人才，尽管他没有本科文凭，但微软将来的希望就在这些年轻人的身上，而且5次应聘他都没有退缩，这说明他很乐观，心理很健康。他还勇于尝试，敢于接受挑战，不放过哪怕百分之一的机会，这说明他有强者的素质。微软需要的不光是有知识和技能的员工，还需要那些有勇气和毅力的人。

　　不久，年轻人就得到了微软的重点培训。这是个故事吗？不，这恰恰是发生在上海浦东新区的一个真实的应聘小插曲。在此事件中完全可以做这样一个假设：只要其中一方的观念是保守消极的，事情就会被搞得面目全非，甚至根本就不会出现。

心得便利贴

　　成功有挑选主人的权利，它只青睐那些勇于尝试、越挫越勇的人。如果被保守的观念和自卑的态度束缚，遭遇一次失败就一蹶不振，那么将与成功终生无缘。

生命中有些事是不可逆转的

陈小烨

　　刚从医大毕业的时候，我怀着拯救天下苍生的理想，希望所有的人都远离痛苦。工作半年后，我收诊了一个老年病人，他笑的时候，就像三毛说的"脸上哗地开了好大一朵花"。医护人员大多很喜欢他，然而我心里藏着隐忧，他得的是肝癌，肝癌啊。

　　那是从未体验过的经历，眼睁睁地看着他的病情一天天恶化，我和其他的医生几乎用尽了所有的方法。看着他努力地微笑，我几乎要掉泪了，他对我说："别难过孩子，我知道我是真的不行了。"

　　在他最后的日子里我每天都被震撼着。你试过一个生命在你手中悄然远逝吗？你不是要拯救天下苍生吗？当他永远地闭上眼睛，我竟呆呆地说不出话来。生命是如此不可把握，而我的力量竟然是那样渺小，渺小得让我无法正视。

　　我一连几天都缓不过神来。那天晚上负责带我的医生对我说，人是无法逃避死亡的，无论医术有多么高超，总有一些不可逆转的生命在我们手中一步步地走向死亡。当回天乏术的时候，只要真正对他们尽了心就好了，生命中的确有着那么多不可逆转的事情，只求尽心就好。

　　我想起已永远离去的他临终时的面容，他仿佛也知道自己的生命就要结束了，因此走得那样平静和安详。他一直微笑着面对癌症，他也是尽了心的。

　　而我似乎从不曾正视生命中那不可逆转的事实。毕竟我是太年轻也太顺利了，成长于幸福的家庭，毕业于名牌医大，想要的几乎都得到了。

在他离去快两年的时候，我的父母在一场车祸中意外丧生，我在24岁那年成了孤儿。我的邻居给了我真心的关怀，我发现自己竟然爱上了他，而他是大我20岁的、别人的丈夫和父亲。我没有告诉他我爱他，我从一开始就知道结果。我在理想和道德底线之间苦苦挣扎。在那段艰难岁月中我一直记着那段话，生命中有些事是无法逆转的，面对自己和生活，即使作为医生也有回天乏术的时候，只求尽心就好。

我走着我的生命之路，我知道有些目标是我们永远都不可能实现的，有些风景是我们怎样也看不到的，就像天上的参商二星，隔着遥不可及的距离。我当然会努力寻求我渴望的东西，哪怕头破血流也在所不惜。但我明白有些事情的不可逆转，因而有了一份坦然平静的心情。

其实有时候人的快乐成功与否，不就在于这一颗平常心吗？知道什么是自己想要的，知道什么是不可逆转的；知道用什么方式实现梦想，知道用什么心情面对苦难，人就在转瞬间感悟，进退得失与不离不弃都有了答案。有时我甚至觉得，明白了不可逆转，就是另一个崭新天地的开始。无论怎样，人会活得更好，更坦然。

❤ 心得便利贴

面对现实，我们在认可它的美好、快乐、成功之外，不得不承认它有时的残酷、忧伤、失败，有些事情，或者不取决于我们，或者已无法逆转。无奈之后，只求自己已尽心尽力！

感谢责难

杭大庆

乔治在纽约郊外著名的卡瑞度假村工作。

一个周末，乔治正忙碌不堪时，服务生端着一个盘子走进厨房对他说，有位客人点了这道油炸马铃薯，他抱怨切得太厚。

乔治看了一下盘子，跟以往的油炸马铃薯并没有什么不同啊！从来也没有客人抱怨过切得太厚，但他还是将马铃薯切薄些，重做了一份请服务生送去。

几分钟后，服务生端着盘子气呼呼走回厨房，对乔治说："我想那位挑剔的客人一定是生意上遭遇了困难，然后将气借着马铃薯发泄在我身上，他对我发了顿牢骚，还是嫌切得太厚。"

乔治忍住脾气，静下心来，耐着性子将马铃薯切成更薄的片状，炸成诱人的金黄色，又在上面撒了些盐，然后第三次请服务生送过去。

没多久，服务生端着空盘子走进厨房。服务生对乔治说："客人满意极了。餐厅的其他客人也都赞不绝口，他们要再来几份。"

这道薄薄的油炸马铃薯片从此成了乔治的招牌菜，慢慢传开后发展成各种口味，到了今天，这已经是地球上不分地域人种都喜欢的休闲零食。

确实，如果我们能在批评和责难抛向我们时，冷静，克制，静下心来，仔细想一想，尝试做一做，说不定也能在看似不合理的要求中，找到让自己进步和成功的阶梯。

心得便利贴

我们常说人生不如意十之八九，如何在生活的责难中破土而出，如何能在布满荆棘的画布上描绘出鲜艳的色彩，把挫折当晚餐至关重要。潇洒地面对失败，从容地解决疑难，这才是至真至纯的人生态度。

一个英语单词造就一个富翁

邓清波

    1958 年，香港人刘文汉前往美国进行商务考察。一天，他在克里富兰市一家小餐馆用午餐，听到邻近餐桌上有两位美国人在谈生意经。便留了心。两位美国人在讨论什么新行业在美国可以赚钱，其中一人说了句："wigs！"

    "wigs"这个词在英文里是"假发"的意思。听到这个词，刘文汉不禁转头向两位美国人望去。他看到那位说话的美国人从皮包里拿出一缕黑色假发，给同伴看。两位美国人丝毫没有注意到刘文汉，仍然继续着他们的话题。刘文汉却没有再听进去多少。他被"Wigs"这个词吸引住了。这是一个很普通的英语单词，按理说没有什么特殊的意义，然而，刘文汉却敏锐地意识到：这个单词，象征着他正在苦苦寻求的巨大商机；以这个单词为题，他可以大做一番招财进宝的文章。

    原来，刘文汉联想到：当时，美国黑人争取民权的斗争，像一股巨大的洪流，猛烈地冲击着美国社会。在美国社会动荡不安的背景下，出现了以长发为标志的一代"毛发"青年，这使戴假发在美国成为时尚。刘文汉看出美国人对假发的需求量非常之大，一个广阔无垠的市场前景倏忽展现在他眼前！

    刘文汉很快结束考察，回到香港。他又在香港展开调查，了解到在香港制造假发成本低廉，最贵的不过一百多港元一个，而假发成品的售价却高达每个 500 港元！他喜出望外。很快作出决策，以自己的全部积蓄，在香港开办工厂，制造和销售各种假发。此后，他克服了种种困难，请来技艺精湛的工匠，改进了生产设备，制造出了香港第一个用现代工艺生产出来的新型假发。由于刘文汉的假发款式新、质地好，成千上万的订单很快如雪片般从世界各地飞来。他的财富急剧增长，并带动了整个香港假发制造业的发展。在 20 世纪 60 年代。香港的假发出口总值每年成倍增长，超过电子产品的出口总值。到 1970 年，假发制造业的产值已高达 10 亿港元，在香港制品输出中列第四位。刘文汉本人也一度当选为香港假发制造行业协会的主席。"wigs"这个单词给他带来的财富，使他在 20 世纪 70 年代初期便能够前往澳大利亚，买下距悉尼仅十几公里的一个葡萄园和一家酿酒厂。这个酿酒厂后来成为澳大利亚第八大葡萄酒厂。刘文汉成为海外唯一一个拥有自己的葡萄酿酒厂的华人。

就这样，刘文汉从餐桌上偶尔听到的一个单词。发现了使自己事业成功的机会。生活中并不缺乏美，缺乏的是发现美的眼睛；生活中也不缺乏成功的机会。缺乏的只是察觉机会的智慧！所以，想做一个成功的人，就应该更加懂得观察，懂得思考，善于从平凡的生活中发现成功的蛛丝马迹，然后大胆地抓住机会，创造人生的辉煌。

心得便利贴

　　成功源自细节，成功得益于机遇，而细节、机遇则需要一双智慧的眼睛。其实，你也有一双智慧之眼，只要你善于观察，勤于发现，也能抓住成功的尾巴，创造人生的财富。

你不能失败

刘　墉

　　今天我在学校体育组见到一件怪事，当时球队正为晚上的比赛做练习，突然接到一个队员从地下铁车站打来的电话，说是因为天气一下转凉，他穿的衣服太少，如果站在冷风里等公共汽车会感冒，所以希望队友开车去接他。

　　从学校到地下铁只有 15 分钟的路，真是再简单不过的事，可是你知道球队的教练怎么说吗？

　　他居然说："电话不要挂，先问他感冒没有，如果还没有感冒，就立刻去接。假使已经感冒，再冷一会儿也不要紧，就自己吹风，坐公共汽车来吧。"

　　我听了大吃一惊，颇不以为然。岂知教练有他的道理：

　　"如果已经感冒，今天晚上当然是泡汤了，又何必浪费别人的时间去接，而且影响了大家的练习。本来迟到就不应该，天气多变，不注意身体，更不应该。自己不小心，且不以团体为重，谁又能管得了他！"

　　这件事使我想起一位企业家朋友讲的话。他说："在我的公司里，如果一个人 40 岁还没有升迁到主任，就永远不必再想这个位子，因为临退休爬上来已经嫌迟，既然不可能再由主任的位子往更高阶层爬，就乖乖地待在下面，免得影响了其他有冲力的人。"

　　他的理论虽不尽然对，但是跟下面西方哲学家赫伯特的这几句话，

不是很相似吗？

"一个人如果 20 岁时不美丽、30 岁时不健壮、40 岁时不富有、50 岁时不聪明，就永远失去这些了！"

这个世界是不等人的，它残酷得甚至不能给予失败者一点同情心。

譬如在一组人执行秘密的战斗任务时，如果其中一个人不幸受伤而无法继续前进，为了怕他被俘之后泄露军机，造成整个行动失败，领导者可能不得不将其灭口。

譬如几个人同去爬山，以绳索相连攀缘峭壁时，如果一人失足，悬在半空中，费尽方法不能解救，而其他人却可能因此都被拖下深谷时，只有割断绳索，将那人牺牲。

谁希望受伤？谁希望失足？

谁又能责怪他受伤与失足？

只能责怪命运，而命运常常是残酷的！

相信你一定在电影里看过，当马腿关节受到重创时，主人常不得不将它一枪打死。我曾经问一位马术教练，难道那马断了腿，就活不成了吗，为什么非要置之于死地？

他说："当然能活！但是身为一匹马，不能跑了，就算活着，又有什么意义？"

以上，我讲了许多残酷的故事给你听。因为你已经是可以接受这种事实的年龄，未来也将面对这些残酷的现实。

"你必须成功，因为你不能失败！"

这是一句非常莫名其妙的话，却有耐人寻味的真理！

心得便利贴

尽管失败是不可避免的，但我们既然选择要成功，就要为之努力奋斗，甚至不惜最大的能量与意志。因为心在跳，是心对生命的责任。

飞向大海的鸟

凡 夫

一群鸟儿生活在沙漠边缘。那里阳光炽热，空气干燥，食物奇缺……最难以忍受的，是水贵如金。它们常常渴得嗓子冒烟，翅膀发软，但找水却难似登天。

一天，一只鸟提议："听说大海里有很多水，多得无法计算。我们不如搬到海边去，何必死守在这个鬼地方？"

另一只鸟说："但大海离我们太遥远了，我们能飞到吗？"

"不管大海多远，只要不灰心，总可以飞到的！"

"对，我们同心协力，再远也不怕！"

赞成搬迁的鸟儿很快聚集到一块儿，向海边飞去。

飞往大海的路真是千难万险：有时，狂风暴雨劈头盖脸地打来；有时，高山挡住去路；有时，疲劳疾病摧残身体。但是，这一切都无法动摇它们飞向大海的决心。一路上，同伴一个个倒下了。剩下的，仍然不屈不挠地向大海飞去。

一天又一天，它们终于飞到了海边。看到眼前一望无际的海水，它们激动得大哭。

　　它们用力地扑棱双翅扑向大海，伸长脖子，准备痛痛快快地喝个够。可是，刚喝了一口，一个个都哇哇地吐起来。它们怎么也没有想到：海水竟这么咸、这么涩！

　　鸟儿们呆了：在来大海之前，居然忘了问海水能不能喝！

心得便利贴

　　对那些鸟儿来说，残酷的结局绝对是出乎意料的。做任何事情都不能盲目行动，要三思而后行，想想结果如何。否则，那些千辛万苦的努力最终换来的将只是成功的泡影。

一次喝彩,改变了他的一生

张 峰

美国医学博士弗雷德·爱泼斯坦,是纽约大学医疗中心儿童神经外科主任,世界上第一流的脑外科权威之一。他首创了不少高难度外科手术——包括切除脊柱和脑血管上的肿瘤(在他以前,这两种肿瘤都被认为是无法开刀的)。然而,令人难以置信的是,这样的一位卓有成就者,在校求学时,却曾是一名有着严重学习障碍的学生。

爱泼斯坦博士在他的回忆录《我曾是智障者》一书里,讲述了自己求学的经历。他最不能忘怀的是他上五年级时遇到的一位名叫赫伯特·默菲的老师。由于生理原因,爱泼斯坦遭遇了严重的学习障碍,尽管他尽了自己最大的努力,可仍不断遭受挫折和失败。他自认比别人"笨",就退却消沉,并开始装病逃学。默菲老师没有因爱泼斯坦的"笨"而轻视他,相反,还满腔热情地鼓励他。有一天课后,老师把爱泼斯坦叫到一边,将他的一张考卷递给他。那上面,爱泼斯坦的答案都错了。"我知道你懂得这些题目,为什么我们不再来一次呢?"老师将考卷上的试题挨个让爱泼斯坦回答。爱泼斯坦每答完一道题,他都微笑着说:"答得对!你很聪明,我知道你其实懂得这些题目。我相信你的成绩会好起来的。"

默菲老师在爱泼斯坦的成长中起了多大的作用,我们无法估量。有一点可以肯定,如果换一个老师,只知指责爱泼斯坦不努力,或者干脆把他视为差生,斥为"蠢笨",也许,未来的医学奇才就夭折在他的手里了。正是赫伯特·默菲的赞扬和鼓励,激发了爱泼斯坦的信心,使他告别了绝望,顽强地与命运抗争,不再认输,不再懈怠,终于完成了正常人也不容易完成的学业,成为医学博士。

"你很聪明,我知道你懂得这些题目的",一句喝彩的话,扬起了一个少年的奋进之帆。喝彩能驱除消沉者心灵的阴霾，使他们看到生活的美丽，看到希望的绚烂；喝彩能消融自卑者心灵的雾障，使他们信心百倍，勇气陡增。一次小小的喝彩，甚至可以改变人的一生！

黑格尔在《生活的哲学》里讲述了这样的一则故事：一个被执行死刑的青年在赴刑场时，围观的人群中有个老太太突然冒出一句："看，他那金色的头发多么漂亮迷人！"那个即将告别人世的青年闻听此言，朝老太太站的方向深深地鞠了一个躬，含着泪大声说："如果周围多一些像你这样的人，我也许不会有今天。"青年死刑犯的话令人深思。一个人老是生活在别人的指责、轻视甚至鄙夷里，要么泯灭进取心，自甘平庸；要么心理变态，仇视他人和社会！而富有爱心的人那一声声饱含善意的喝彩，则能引导人走上人生的正途。

也许就是你的一次小小的喝彩，世界就多了一份亮丽！

心得便利贴

不要吝啬你赞美的言辞，把它们说出来，这对你是很容易的一件事，但对他人来说却是难能可贵的。它能使消沉的人振奋精神，让我们发自内心地为他人喝彩，为生命喝彩！

巨蟒与响尾蛇

[澳大利亚] 迈克尔·希尔瓦 王永生 译

在南美洲亚马孙河流域生活着一种巨蟒，其身长可达十多米，能轻而易举把一个人从头到脚全部吞下。驻扎在巴西热带雨林的军人常会遭遇这种食人蟒蛇，他们的《生存手册》介绍了逃生之法：

"碰到巨蟒时，记住千万别跑，你跑得快，蟒蛇比你更快。你得立即平躺在地面上，背朝下，两脚并拢，双手放在身体两侧。巨蟒爬到你身边的时候，它会从各个角度将头伸到你的身体下面。记住，要沉着，保持极度的冷静。然后，它会开始吞噬你的脚。别害怕，就让它吞，你不会有什么肉体上的痛苦，它这样要花上很长时间。如果你沉不住气，试图反抗，巨蟒马上会用它的身体结结实实将你缠住，令你窒息而死。如果你保持冷静，不做什么动作，巨蟒把你的脚吞下后，会继续吞噬你身体的其余部位。千万别恐慌，等到它的嘴接近你的膝盖部位的时候，你要不动声色地拔出随身携带的匕首，朝着它张开的大口的一侧快速有力地划过，用利刃把它的嘴割裂，同时

迅速将脚从它的口里抽出。"

上述对付巨蟒的方法可谓大胆，令人惊心动魄。相比之下，另一种从蛇口逃生的方法要简单得多。

作家勒鲁瓦·丈姆斯在《成为领袖》一书中，叙述了他自己对付响尾蛇的经验："在住地一带常有响尾蛇出没，每年夏天我都要遇到一两次，但每次都能化险为夷。在野地行走时，突然碰见一条盘着身子、扬着头、吐出红红芯子的响尾蛇，着实令人害怕。响尾蛇的动作如闪电般迅速，而且对目标的攻击极准。面对如此危险的动物时，人类最本能、最简单的反应是：赶快逃跑。事实也证明，这是对付响尾蛇最有效的一种方法。"

巨蟒和响尾蛇都是非常凶险的蛇类，人类对付它们的方法却完全不同。对付前者需要的是勇敢而冷静的贴身搏斗，对付后者需要的是迅速及时的躲避，它们都是人类在险境中保全自身的有效方法。

其实，生活中我们常会与"巨蟒"或"响尾蛇"不期而遇。那些你无法回避、必须面对的挑战和困难是"蟒蛇"，对付它们，你必须硬着头皮上，勇敢地与之周旋。而一旦剧毒无比的"响尾蛇"出现在你面前，你就必须赶紧躲开，躲得越远越好。

心得便利贴

如何应对生活中的困难与危险是一门深奥的学问，选择面对或是逃避，需要你谨慎地思考，明智地判断，视具体情况而定。有效地运用智慧，沉着冷静就是你最有力的武器。

蚂蚁的救助

南 北

　　夏天的一个下午，我给放在阳台上的几盆花木浇水。在浇石榴时，看到有几只黄蚂蚁浮在水面上，挣扎着。我知道，蚂蚁虽不会游泳，但它们是一些生命力极强的小生灵。我没有对它们实施救援，因为花盆中的水几分钟后就会洇下去，蚂蚁们就可以自由着陆了，绝无生命危险的。

　　不一会儿，水没有了。几只蚂蚁在湿漉漉的泥土上又恢复了正常活动，但有两只不幸的黄蚂蚁被湿泥埋住了半个身子，在那里努力挣扎着向外爬，可又爬不出来。我想，我应该救助一下这两个遇难者了。我必须找一个细小的工具，不然，用手指或稍微粗大的棍棒，都可能将救助变成杀生。但是，就在此时，一件意想不到的事情发生了：当我从室内取了一枚大头针走出来时，发现两只被埋的蚂蚁同时被另两个同伴救助着。那两只来救助的黄蚂蚁都在用力向外拉扯着它们。我放弃了与两只英勇救助同伴的黄蚂蚁争功的机会，静静观察着这个夏天让我的心灵感动的生命故事。

一只蚂蚁先被同伴救了出来，另一只在救助者的努力拉扯下，也从泥土中挣出了身子。它们在小心翼翼地向四周探试了一番后，便迅速地逃离了。奇怪的是有一只救援的黄蚂蚁，在救出同伴后并没有一起离开，而是在救助现场的泥土上，继续衔咬着泥土，似乎下面还有什么东西被埋着。我想看个究竟，就没有打扰它。不久，我看到有一对小小的触角晃动着露了出来，不仔细看还发现不了，原来下面还有一只遇难的同伴。这次我必须帮助它们了，因为这场水灾是我造成的，对于这些小小的生灵，我是负有责任，甚至可以说是有罪过的。

我极其小心地用针尖挑开泥土，果然有一只小蚂蚁露了出来。救助的黄蚂蚁看到同伴后，立即上前去亲吻抚触，并试图把它衔走。这时被救的蚂蚁已恢复过来，与救助的蚂蚁互相用触角碰了一下，便一起爬开了。

我不是昆虫行为学家，不知道蚂蚁的救助行为是偶然还是自然的本能，但我觉得在这一点上它们确实是表现出了一种人类所具有的道德理念。

不，也许我又错了，它们其实比人类做得更好，因为它们不具有功利意识和附加条件。

心得便利贴

有一种情怀，让大爱播撒；有一种感动，让名利汗颜；有一种力量，让我们彼此依靠，这就是帮助，如寒夜中那燃烧的炭火，如迷雾中引航的灯塔，将温暖与希望播撒进每个人心间，饱含着无限的真情。

搭档之间的距离

高兴宇

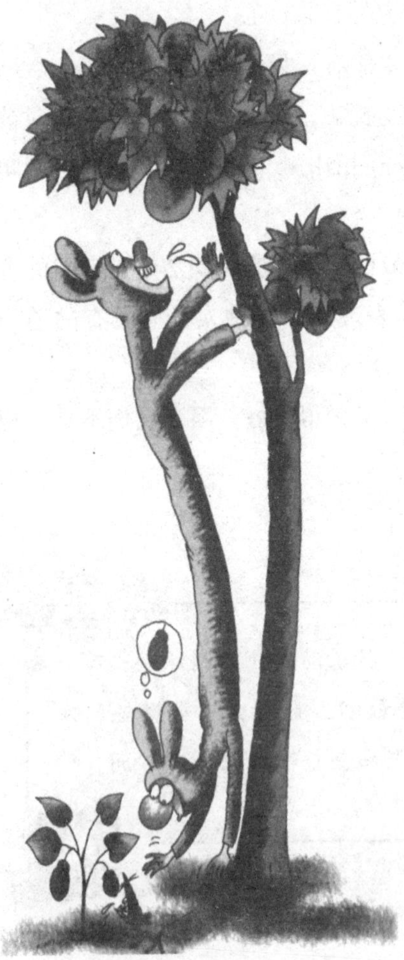

葛菲与顾俊，是人们耳熟能详的杰出羽毛球运动员。她们的"女双配对"所向无敌。自1996年3月至1999年间，她们在国际比赛中从未输过，连胜的场数达到100场左右。

虽然说每个人的特长和球风都不一样，但葛菲与顾俊两个人实在是太全面、太优秀了，特别是她们那种默契的配合令人叹为观止，可以说葛菲和顾俊开创的时代令后人难以逾越。

可有谁想到，这号称"东方不败"的搭档，虽然场上共同训练了十几年，但在场外却私交甚少。

日前，已担任南京体育学院训练处副处长的葛菲敞开了心扉，透露出了王牌搭档的"秘诀"。

原来，不论在国内，还是在国

外，葛菲与顾俊从不住在一起，这是教练特地为她们安排的，生怕她们相处过密，容易发生矛盾，并把这种矛盾带到球场上。

葛菲回忆说："两人在一起的这么多年里，私下只一起吃过一次饭，那还是在悉尼奥运会前。当时因为两人的成绩都不是很好，平日又很少交流，教练就把我们约了出来，一起谈谈。"

一方面，葛菲和顾俊在生活上几乎没有交往；另一方面，两人在比赛场上却是战无不胜，是公认的超级黄金组合。这两方面，看似不可理解，实则是一因一果。就是因为生活中很少来往，所以没有了"两个女孩在一起难免发生的矛盾"，所以不会影响到比赛，所以珠联璧合，锐不可当。

生活中"冷"，赛场上"热"，冷热相伴，此消彼长。这就是她们成功的秘诀。

心得便利贴 ----------------------

一个好的方法可能比热情更为重要。如今，合作形式已愈显重要，在很多时候，合作需要双方的热情，但有些时候，适当地保持距离会使合作双方发挥出最大的力量。

学大雁，别学海鸥

海 燕

很容易理解人们为什么喜欢海鸥——俯视礁石嶙峋的海港，一只海鸥在自由地飞翔。它的双翼强劲地拍打着，越升越高，越升越高，直到高过所有其他海鸟，然后滑出一个个华丽的弧线。它不断地表演着，好像知道一架摄像机正对准它，记录着它的优雅。

但是在海鸥群里，它完全变了个样子，所有的优雅与庄严都堕落为肮脏的内斗与残忍。还是那只海鸥，它像炸弹般冲入鸥群中，偷走一点肉屑，激起散落的羽毛和愤怒的尖叫。海鸥之间不存在分享与礼貌的概念，只有嫉妒和凶猛的竞争。如果你在一只海鸥的腿上系上根红丝带，使它显得与众不同，你就等于宣判了它的死刑。其他海鸥会用爪子和嘴猛烈地攻击它，让它皮开肉绽、鲜血直流，直到倒在地上成为血肉模糊的一团。

如果我们一定要选一种鸟儿作为人类社会的榜样，那么海鸥绝对不是个好选择。相反，我们应当学习大雁的行为。你

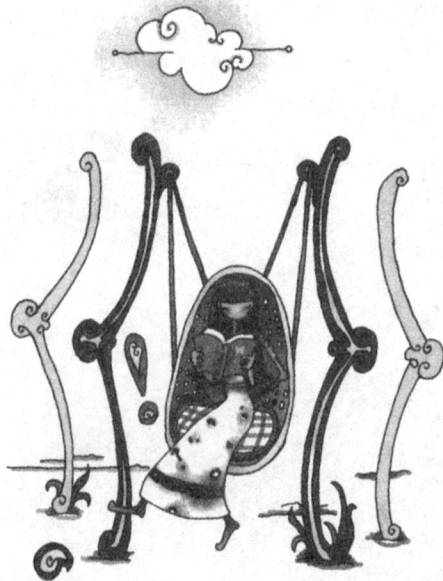

曾想过为什么大雁要排成"V"字形的雁阵吗？科学家告诉我们，在雁阵中大雁飞行的速度比单飞高出71%，处于"V"字形尖端的大雁任务最为艰巨，需要承受最大的空气阻力，因此领头的大雁每隔几分钟就要轮换，这样雁群就可以长距离飞行而无须休息。

雁阵尾部的两个位置最为轻松，强壮的大雁就让年幼、病弱以及衰老的大雁占据这些省力的位置。雁阵不停地鸣叫，这是强壮的大雁在鼓励落后的同伴。如果哪只大雁因为过于疲劳或生病而掉队，雁群也不会遗弃它。它们会派出一只健康的大雁，陪伴掉队的同伴落到地上，一直等到它能继续飞行。

心得便利贴

世界是我们共同的家园，和谐与互助是其基石。在这个群体聚居的大家庭中，不论是鳏寡孤独，还是强者勇士，都需要爱的维系，需要真心的关怀，这样才能使个人的发展得以保证，才会使人间变成真善美的天堂。

别追不累的羚羊

植小物

在动物电视片里，有一幕别有意味。

在遥远的非洲马拉河，河谷两岸青草肥嫩，草丛中一群群羚羊在觅食。一只非洲猎豹隐藏在远处的草丛中，竖起耳朵听着周围的动静。它觉察到了羚羊群的存在，然后悄悄地慢慢接近羚羊群。越来越近了，突然羚羊有所察觉，开始四散逃跑。非洲猎豹瞬时爆发奔跑，箭一般地冲向羚羊群。

它的眼睛死死地盯住一只未成年的羚羊，直向它追去。羚羊跑得飞快，非洲猎豹更快。在追与逃的过程中，非洲猎豹超过了一头又一头站在旁边观望的羚羊，但它没有掉头改追这些离它近的猎物，只是目标明确地朝着那头未成年的羚羊拼命地追去。

那只羚羊已经跑累了，非洲猎豹也累了，在累与累的较量中，比的是最后的速度和耐力。终于，非洲猎豹的前爪搭上了羚羊的屁股，羚羊倒下了，豹牙直朝羚羊的脖颈咬了下去。

我有点儿奇怪，非洲猎豹干吗不在中途改追距离近的羚羊呢？何必还要使劲去追当初那只？那么近，应该很容易

得手啊！

就在我困惑的时候，电视里出现了旁白：为了生存的需要，一切肉食动物都知道在出击之前要隐藏自己，而在选择追击目标时，总是选那些未成年的，或老弱的，或落了单的猎物。可为什么非洲猎豹在追击过程中，不改追其他离得更近的羚羊呢？

答案是，因为被追的羚羊已经很累了，而别的羚羊还不累。其他羚羊一旦起跑，也有百米冲刺的爆发力，一瞬间就会把已经跑了百米的豹子甩在后边，拉开距离。如果丢下那只跑累了的羚羊，改追一头不累的羚羊，最后肯定是一只也追不着。

原来所谓坚持，是一种最符合实际的成本考虑。别追不累的羚羊，心无旁骛，抓住被你追得筋疲力尽的那只羚羊。

心得便利贴

在追求成功的路上，总有些似乎唾手可得的成就诱惑着你，这时，就需要你以坚定的意志，强大的决心去避开这些诱惑，紧紧地盯住目标，直到获得成功。

富商的遗嘱

刘燕敏

一位富商，英年早逝。临终前，见窗外的市民广场上有一群孩子在捉蜻蜓，就对他四个未成年的儿子说，你们到那儿给我捉几只蜻蜓来吧，我有许多年没见过蜻蜓了。

四个孩子飞速下楼，来到了广场。

不一会儿，大儿子就带了一只蜻蜓上来。富商问，怎么这么快就捉了一只？大儿子说，我用你刚才送给我的那辆遥控赛车换的。富商点点头。

又过了一会儿，二儿子也上来了，他带来了两只蜻蜓。富商问，这两只蜻蜓都是你捉的？二儿子说，不，我把你刚才送给我的那辆遥控赛车，租给了一个想玩赛车的小朋友，他给我 3 分钱，这两只是我用 2 分钱向另一个有蜻蜓的小朋友租来的。爸，你看这是那多出来的 1 分钱。富商微笑着点点头。

不久，老三也上来了，他带来了 10 只蜻蜓。富商问，你怎么捉这么多蜻蜓？三儿子说，我把你刚才送给我的那辆遥控赛车，在广场上举起来，问，谁

愿玩赛车，愿玩的只需交一只蜻蜓就可以了。爸，要不是怕您急，我至少可以收 18 只蜻蜓。富商拍了拍三儿子的头。

最后到来的是老四。他满头大汗，两手空空，衣服上沾满尘土。富商问，孩子，你怎么搞的？四儿子说，我捉了半天，也没捉到一只，就在地上玩赛车。要不是见哥哥们都上来了，说不定我的赛车能撞上一只落在地上的蜻蜓呢。富商笑了，笑得满眼是泪，他摸着四儿子挂满汗珠的脸蛋，把他搂在了怀里。

第二天，富商死了，他的孩子在床头发现一张小纸条，上面写着：孩子，我并不需要蜻蜓，我需要的是你们捉蜻蜓的乐趣。

心得便利贴

　　人生就像是一场游戏，最能让人感到快乐的不是最终的胜利，而是追逐胜利的过程。就像我们常说的"钓胜于鱼"一样，多数钓者所追求的并非是鱼，而是垂钓之时那种乐趣。

哲理故事

李 南

财富修养

在一次新闻发布会上，人们发现坐在前排的美国传媒巨头 ABC 副总裁麦卡锡突然蹲下身子，钻到了桌子底下。大家目瞪口呆，不知道这位大亨为什么会在大庭广众之下做出如此有损形象的事情。

不一会儿，他从桌子底下钻了出来，扬扬手中的雪茄，平静地说："对不起，我的雪茄掉到桌子底下了，母亲告诉过我，应该爱惜自己的每一分钱。"

麦卡锡是亿万富翁，照理说，应该不会理睬这根掉在地上的雪茄，但他却给了我们意想不到的答案。

这是一种财富修养，这种修养正是他们创造巨大财富的源泉所在。

爱情巫师

非洲的一个部落酋长有三个女儿，前两个女儿既聪明又漂亮，都是被人用九头牛做聘礼娶走的。在当地，这是最高规格的聘礼了。第三个女儿到了出嫁的时候，却一直没有人肯出九头牛来娶她，原因是她非但不漂亮，还很懒惰。后来一个远方来的游客听说了这件事，就对酋长说："我愿意用九头牛来换你的女儿。"酋长非常高兴，真的把女儿嫁给了外乡人。

过了几年，酋长去看自己远嫁他乡的三女儿。没想到，三女儿变成了一个气质超俗的漂亮女人，而且能亲自下厨做美味佳肴来款待他。酋长很震惊，偷偷地问女婿："难道你是巫师吗？你是怎么把她调教成这样的？"女婿说："我没有调教她，我只是始终坚信你的女儿值九头牛，所以她就一直按照九头牛的标准来做了，就这么简单。"

心理暗示的作用非常神奇，尤其是在婚姻关系中。如果你每天试着发自内心地赞美你的爱人，而不是诉苦或抱怨，那么你一定会发现，对方也在悄悄地改变——而且正是朝着你所希望的方向。

不生气的秘诀

古时候，有一个叫爱地巴的人，他一生气就跑回家去，然后绕自己的房子和土地跑三圈。后来，他的房子越来越大，土地也越来越多，而一生气时，他仍要绕着房子和土地跑三圈，哪怕累得气喘吁吁，汗流浃背。孙子问："阿公，您生气时就绕着房子和土地跑，这里面有什么秘密？"

爱地巴对孙子说："年轻时，一和人吵架、争论、生气，我就绕着自己的房子和土地跑三圈。我边跑边想——自己的房子这么小，土地这么少，哪有时间和精力去跟别人生气呢？一想到这里，我的气就消了，也就有了更多的时间和精力来工作和学习了。"

孙子又问："阿公，成了富人后，您为什么还要绕着房子和土地跑呢？"

爱地巴笑着说："边跑我就边想啊——我房子这么大，土地这么多，又何必和别人计较呢？一想到这里我的气也就消了。"

一双鞋

在印度新德里东北部的朱木拿河畔，有一座坟墓，墓主人叫甘地。

甘地生前有一次外出，在火车将要启动的时候，他急匆匆地踏上车门，不小心一只脚被车门夹了一下，鞋子掉在了车门外。火车启动后，他没有犹豫，随即将另一只鞋脱下来，也扔出窗外。

一些乘客不解地问他为什么要把另一只鞋也丢掉，甘地说："如果一个穷人正好从铁路旁经过，他就可以得到一双鞋，而不是一只鞋。"

甘地被当地人尊称为"圣雄"。

是啊，一个人能随时随地想到那些需要关爱和帮助的人，他不是圣人是什么？如果每个人都能这样想这样做，世界一定会像春天般温暖！

当机立断

电脑名人王安博士声称，影响他一生的最大教训发生在他6岁时。

有一天，王安走在树下，突然有个鸟巢掉在他的头上，从里面滚出来一只小麻雀。他很喜欢它，于是连同鸟巢一起带回了家。他走到门口，忽然想起妈妈不允许他在家里养小动物。他只好轻轻地把小麻雀放到门后，然后急步走进屋内，请求妈妈的允许。

在他的哀求下，妈妈破例答应了他的请求。王安兴奋地跑到门后，不料，小麻雀已经不见了，一只黑猫正意犹未尽地擦拭着嘴巴。

从这件事，王安得到了一个很大的教训。只要自己认为对的事情，不可优柔寡断，必须马上付诸行动。不能作出决定的人，固然没有做错事的机会，但也失去了成功的可能。

心得便利贴

有时我们会从一件轰轰烈烈的大事中认识一个伟人，但也会从伟人生活的细枝末节中知道伟人的伟大之处，任何的功成名就都是金字塔的尖顶，因为有了品德的积淀，成功才显得理所应当的牢固。

不要把水龙头拧得太紧

感 动

在临近中考的前两个月，我和妻子决定把精力都放在孩子身上，让他考个好成绩。

为了能让孩子专心学习，我关掉了电脑和电视机的电源，锁起了他喜欢玩的篮球和排球，孩子的同学打来电话，都要由我或妻子来接。为了提高孩子的学习效率，我专门请一位教育专家制订了很有效的考前学习计划，从前没有时间看书的妻子也开始恶补营养学知识。特意为孩子的三餐列出一个食谱，孩子每天放学后，我们就如守护神般轮流守在他的身边，一直陪读到夜深人静。

糟糕的是，我们的努力与付出不但没有一点儿效果，反而，一向名列前茅的孩子的学习成绩竟然每况愈下。我和妻子开始经常争吵，埋怨对方做得不够。

一天，家里的水龙头出现了毛病：关得很紧，水也不停地流出来，我打电话我来一个修理工人。没想他检

查后说水龙头根本没有毛病，只不过是拧得太紧了。临走时他告诉我，以后用完轻轻关上就可以了，不要把水龙头拧得太紧，那样反而会漏水的。

那一刻，我因担忧孩子而沉闷的心豁然开朗。

不要把水龙头拧得太紧，过度的束缚与苛求不但会使我们无法达到目标，反而会走向相反的方向。

心得便利贴

　　适当的压力是推动人们前行的动力，但过犹不及，太多的压力和束缚就会适得其反。人生就像是一根弓弦，绷得太紧就容易断裂开，只有适当地放松自己，才能够生活得更加洒脱和惬意。

最短的木板

鲁先圣

　　管理学界有一个知名的木桶定律：一只沿口不齐的木桶盛水的多少，不在于木桶上最长的那块木板，而在于最短的那块木板。要想提高水桶的整体容量，不是去加长最长的那块木板，而是要下工夫依次补齐最短的木板。此外，一只木桶能够装多少水，不仅取决于每一块木板的长度，还取决于木板间的结合是否紧密。如果木板间存在缝隙，或者缝隙很大，木桶同样无法装满水，而且还会把仅有的水也漏得一干二净。

　　不论是企业还是个人，不管你有没有意识到，其实都在不同程度上存在着缺点和不足。任何一个区域都有"最短的木板"，它有可能是某个人，或是某个行业，或是某件事。面对自己的这些缺点和不足，有些人从没察觉到，有些人虽然有所察觉，却听之任之，于是，他们永远只能在原地踏步或每况愈下。不管是个人还是组织，要保持充沛的竞争力，不能单靠在某一方面的超群和突出之处，而是要看整体的

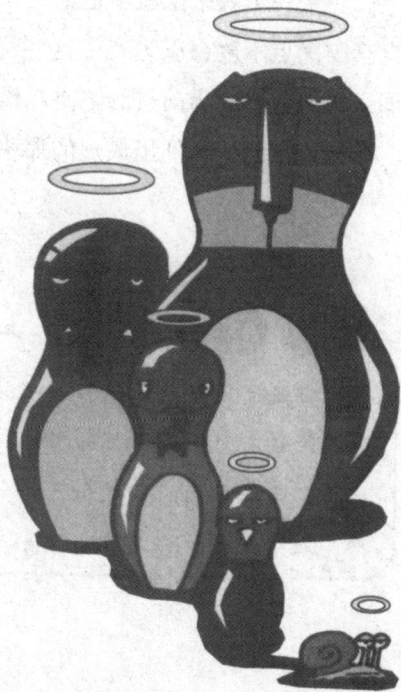

状况和实力，看它是否存在某些突出的薄弱环节。劣势决定优势，劣势决定生死，这是市场竞争的残酷法则。

雅典奥运会上，中国队的骄人战绩令全世界刮目相看。各国在总结中国队成绩的时候，都毫不例外地用了同一句话：大部分项目都取得了优异成绩。这句话的言外之意就是：中国不仅仅在乒乓球、羽毛球、举重、跳水、射击等优势项目上继续领跑，在田径、跆拳道、摔跤、网球等项目上也达到了世界先进水平。正是因为这些我们原来的弱势项目成绩提高了，我们的整体成绩才有了质的飞跃，由体育大国变为体育强国。

毫无疑问，原来的那些弱项，就是我们的体育木桶中的短板。如果我们没有去努力加长这些短板，而是一味地守着那几个传统优势项目，那么即便把这些项目的所有金牌都拿来了，也就不到 20 块，更不会有今天 38 块金牌的大丰收了。

对于一个人来说就更是如此，我们有自己的弱点，如果仅仅是抓着自己的优点不放，以为有了这些优点就足够了，不努力把弱点克服掉，那么弱点就会成为前进的陷阱和羁绊，你就不可能取得更大的成就。

加长自己的木桶里最短的那块木板，你就会拥有容量最大的木桶。

心得便利贴

满足于现有的成绩，一味地抱残守缺，永远不会有所进步。每个人都有自己的优势和劣势，我们所要做的就是，发扬自己的优势，改进自己的缺点和不足，尽可能地在人生的道路上发奋拼搏，取得人生的辉煌。

非洲蜂

鲁先圣

在非洲中部地区干旱的大草原上，有一种体形肥胖臃肿的巨蜂。巨蜂的翅膀非常小，颈部也很粗短。但是这种蜂在非洲大草原上能够连续飞行250公里，飞行高度也是一般的蜂所不能及的。它们非常聪明，平时藏在岩石缝隙或者草丛里，一旦有了食物立即振翅飞起。尤其是当它们发现这一个地区气候开始恶劣，就要面临极度干旱的时候，它们会成群结队地迅速逃离，向着水草丰美的地方飞行。而其他的蜂类就不同了，一旦遇到恶劣的天气，成千上万的蜂往往束手无策，顷刻之间就无影无踪了。这种强健的蜂因而被科学家们称为"非洲蜂"。

但是科学家们对于这种蜂却充满了无数的疑问。因为根据生物学的理论，体形肥胖臃肿而翅膀却非常短小的这种蜂，在能够飞行的物种当中，它的飞行条件是最差的。如果按照物种的飞行条件，它还不如鸡、鸭、鹅优越。尤其在蜂的大家族里，它更是身体条件最差的。而根据物理学的理论，它的飞行就更是不可思议的事情了，因为根据流体力学，它的身体和翅膀的比例是根本不能够起飞的！

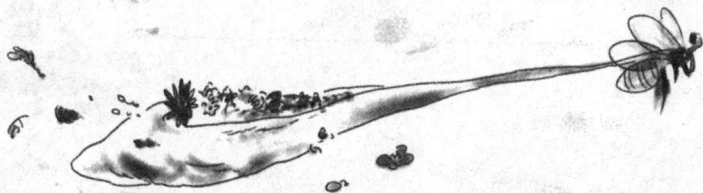

按照科学家的理论，这种蜂不要说自己起飞，就是我们用力把它扔到天空去，它的翅膀也不可能产生承载肥胖身体的重力，它会立刻掉下来摔死。

可是事实却是恰恰相反的，它不仅不用借助我们的力量，完全依靠自己的力量飞行，而且是飞行队伍里最为强健、最有耐力、飞行距离最长的物种之一。科学家们从来没有遇到过这样残酷的挑战，在这个小小的物种面前，所有关于科学的经典理论都不成立。

哲学家们知道了这个故事之后，告诉严谨的生物学家和物理学家说，没有什么奇异的秘密，它们天资低劣，但是它们必须生存，而且只有学会长途飞行的本领，才能够在气候恶劣的非洲大草原生存。而那些条件稍微好些的物种就不同了，它们先天条件好些，它们会飞行，也就不再刻苦练习求生的本领了。

道理很简单，没有什么是不可能的，之所以不可能，是因为没有被置之死地。所有的经验也不是一成不变的，只要你有无比的信心和勇气，一切都是可能的。

心得便利贴

物竞天择，适者生存。在非洲蜂面前，科学家的理论显得那么苍白无力，正是草原的恶劣环境使非洲蜂练就了卓越的飞行本领。"宝剑锋从磨砺出，梅花香自苦寒来。"历经风雨才会看到彩虹。

一双靴子

［美］S·查辛 放心 译

在我的记忆深处，珍藏着一双靴子，一双得之于半个多世纪以前而今依然完好如初的靴子。它不仅铭刻着一个流浪汉的颠簸之苦，也深藏了一位陌路人的关怀之心。

那是在大萧条时期的一个冬天，当时 20 岁的我已经独自在外乡闯荡了一年多，一无所获的磨难使我心灰意懒，蜷缩在闷罐车里做着回家的梦。当火车路经一个不知名的小镇时，我下了车，希望能碰上好运气，找到一个打工的机会。一阵刺骨的寒风向我表示了冷冷的敌意，我使劲裹了裹自己的旧外套，但还是被冻得直打颤，尤其糟糕的是脚上的那双半筒靴已不堪折磨，像它主人的梦想一样破败了——冰水毫不客气地渗入了袜子。我暗暗地向自己许了个愿，要是能攒下买一双靴子的钱，我就回家！

好不容易找到了山边的一个小木屋，不料里面早有几个像我一样的流浪汉了。同病相怜，他们挤了挤，为我挪出了一个位置。屋里毕竟比野外暖

和多了，只是刚才冻僵的双脚此时变得疼痛难捱，使我怎么也无法入睡。

"你怎么了？"坐在我身旁的一个陌生人转过头来问我。

"我的脚趾冻坏了。"我没好气地说，"靴子漏了。"

这位陌生人并不在意我的态度，仍然热情地向我伸出了手，"我叫厄尔，是从堪萨斯的威奇托来的。"之后，他跟我聊起了自己的家乡、家人，以及自己的流浪经历……厄尔先生的健谈似乎缓解了我身体的不适，我不知不觉地迷糊了过去。

这个小镇并没为我们留下一份吃的。盘桓数日以后，我又登上了去堪萨斯方向的货车——厄尔先生也在这趟车上。火车渐渐地驶出了落基山区，进入了漫无边际的牧场。天气也越来越冷了，我只有不停地跺脚取暖。不知什么时候，厄尔先生已经坐在我身边了。他关切地问我："你家里还有什么人？"我告诉他，家里还有一个父亲和一个妹妹——是个穷得叮当响的农家。

厄尔先生安慰我说："不管怎样的家也总是个家呀！我看你还是和我一样回家去吧。"

望着寒星闪烁的夜空，我感到了一种从来没有过的孤独。"要是……要是我能攒点钱买双靴子，也许就能够回家了。"

我正想着家庭的温暖的时候，发觉脚跟被什么东西碰了一下。低头一看，原来是一双靴子——厄尔先生的。

"你试试吧。"厄尔说，"你刚才说，只要能有一双像样的靴子你就能回家了。喏，我的靴子尽管已经不新，但总还能穿。"他不顾我的谢绝，一定要我穿上。"你就是暂时穿穿也好，待会儿再换过来吧。"

当我把自己冰凉的脚伸进厄尔先生那双体温尚存的靴子时，立刻感到了一阵暖意，我很快在隆隆的火车声中睡着了。

等我醒来时，已经是次日凌晨了。我左顾右盼，怎么也找不到厄尔先生的身影。一位乘客见状说："你要寻那个高个子？他早下车了。"

"可是他的靴子还在我这儿呢。"

"他下车前要我转告你：他希望这靴子能陪伴你回家去。"

我怎么也不能相信，世上确实还有这样的好人：不是将自己的多余之物作施舍，而是把自己的必需之物奉献他人，为了让他能有脸回家去！我想象着他一瘸一拐地穿着我的破靴子在冰水里跋涉的情形，不禁热泪盈眶……

这半个多世纪中，我和厄尔先生再也无缘相见，但在我的心中他永远是我最亲密的朋友，而这双靴子则是我这一辈子得到的最贵重的礼物。

💡 心得便利贴 ━━━━━━━━━━

最珍贵的给予是爱的给予。人一生中难免失落困窘，在他人身处困境之时，无论物质或精神的馈赠，都能帮助他们走过难关，同受到萦绕身旁的温暖。

幸福午餐

薛　峰

　　曾经有好多年，当我打开饭盒吃午餐时，都会觉得那是一天中最幸福的时刻。

　　妈妈的烹调手艺十分高超，哪怕只是一种简单的蔬菜，都会弄得有滋有味。于是每天中午当我享用着美味的午餐时，都会感到无比幸福。那时家里并不富裕，妈妈却尽心尽力照顾我正在成长的身体，调换着花样儿给我安排饭菜，让我吃得既舒服又可口。有些时候，饭菜中还会多一个煎鸡蛋或一块肉，一起吃饭的伙伴们常被色香味诱惑，伸过勺子到我的饭盒里面"淘金"。

　　然而，孩童时代的心是多么不体谅母亲的含辛茹苦啊。记得一个冬天的中午，我们班上一个家境富裕的孩子捧着饭盒向大家炫耀，说是自己想吃什么家里就给做什么，冬天还能吃上西红柿炒鸡蛋呢！当时，几乎所有的孩子都望着他饭盒里金灿灿红澄澄的美味咽着口水，要知道那时候能在冬季吃到西红柿实在是一种奢侈！晚上回到家，我把白天的事讲给妈妈听，结尾还加上自己的感叹：要是我也能吃上西红柿炒鸡蛋该有多幸福啊！

事隔两天后的中午，当我打开饭盒的一刹那，被那一盒金灿灿红澄澄的东西惊呆了。那个中午，我捧着饭盒坐在无人的角落，一种强烈的自责与不安弥漫了我的心，在以后的许多日子里，我曾一遍又一遍地想象着妈妈在寒风中徘徊于菜市场寻找西红柿的情景。而为了这一餐奢侈的饭菜，她会在以后的几天里加倍地精打细算。

就这样，母亲总是在尽力给予我她所能给予的，更重要的是，她想极力弥合我隐约间渗透的那一种"孩子间不平等"的感觉，这是怎样的良苦用心啊！

现在的孩子真正拥有了"想吃什么吃什么"的幸福童年，然而他们对饭桌上的菜肴却又有了更多的挑剔。我很想对他们说：无论是什么样的饭菜，只要是妈妈亲手做给我们的，那其实都是满满一饭盒的幸福啊。我多么希望每一个享用着如此厚重的亲情的人，能够在体味幸福的同时，体味母爱。

许多年过去了，我早已不再麻烦妈妈替我装饭盒，甚至我时常为妈妈准备第二天要带的饭菜。每当我做这些，总会不经意地想起过去的岁月，便禁不住再多夹一块肉放入妈妈的饭盒里。

心得便利贴

世界上有许多珍馐美味、佳肴大餐，但无论它们有多么好吃，都比不上母亲亲手烹调的一餐家常便饭。因为那饭里有母亲对我们的爱，菜里有母亲对我们的情，这样的饭菜是无上的美味。

镜 子

小 古 译

作家罗伯特给我们讲述了他的教授亚历山大·帕派德罗斯的一个故事：在为期两周的希腊文化研讨会的最后一次会议上，帕派德罗斯教授转过身问大家："你们还有什么问题吗？"

会议室里一片寂静，这两周来我们就人生提出的问题够多了，现在反而只有沉默。

"没有问题？"帕派德罗斯的眼光扫过教室。于是我就问了："帕派德罗斯教授，人生的意义是什么？"

一片笑声响起，大家准备离开。

帕派德罗斯抬起手让大家安静下来，然后久久地凝视着我，想弄明白我的态度是否严肃。从我眼里，他知道我是认真的。

"我来回答你的问题。"

他从口袋拿出钱包，取出了一个皮夹，并从里面拿出一面很小的圆镜子。

他大概是这么说的：

"我的童年正值战争时期，我们很穷，住在一个偏远的乡村里。有一天，在路上一辆德国摩托车失事的地方我发现了一面镜子的碎片。

"我想方设法搜寻所有的碎片，并把它们拼接起来，但却做不到，所以我只保留了最大的那片，就是这一面镜子，当成一个玩具来玩。后来我发现这面镜子可以把光反射到太阳永远照不到的阴暗之处——比如深洞、裂缝和昏暗的壁橱等，这真令我心醉神迷。于是把光线反射到所有我能找到的最不可能有光线的地方便成了我的一个游戏了。

"我一直保存着这面小镜子。在我的成长历程中，每当无聊的时候，我就把它拿出来继续玩这个游戏。等到成人了我才开始明白这不只是孩童的游戏，这也暗喻着我应如何应对自己的人生。

"我渐渐明白我并不是光线，也不是光线之源。可是光线（真理、理解、知识）会永存，只有我反射光线的时候，光线才会照亮黑暗的地方。

"我是一面镜子的残片，虽然我对这面镜子原来的模样和用途一无所知，但是，我可以倾尽全力把光线反射到世界上的黑暗之处——人心阴暗的一面，以此来使人有所改变。也许有人会明白，也会照着去做。这就是我要说的，这就是人生的意义。"

然后他拿起小镜子，小心翼翼地握着，将透过窗户洒入房间的明媚阳光反射到我的脸上。

心得便利贴

世界上总会有黑暗的角落，此时我们不妨做一面镜子，调整镜面，把光明反射进心底，从而扫除心中的黑暗，这才是积极的人生态度。

职　责

北　方

　　父亲在一个偏远的小火车站整整干了 42 年，从信号员干到小站站长。

　　母亲去世很早，我从小是在父亲背上听着火车汽笛声长大的。

　　父亲退休那年，我考上了省城的警察学校。离开家那天早晨，他要亲自送我上火车。父亲的话很少，火车开动的一瞬间，站在月台上的父亲仍然和从前一样立正敬礼。

　　当警察是我多年的一个梦想，三年的警校生活结束后，我被分配到铁路沿线的一个派出所当民警。我测算了一下，那里离我家有 450 公里。派出所只有三位民警，所以，我回家的机会很少。那年秋天回家，吃过晚饭，我见父亲郁郁寡欢的样子，忙问他怎么了。他说："我这辈子听惯了火车的汽笛声，闻惯了车厢气味。现在一切都没了，这样的日子有啥意思？"

　　几天后，父亲突然对我说："走，帮我干点活儿。"我茫然地跟着他来到离家不远的铁道旁。那是一段废弃的铁路支线，铁轨

和枕木早已被野草遮住，一节破旧的火车车厢沉默地在秋风中肃立着。

父亲说："这节旧车厢是最近淘汰下来的，我跟领导央求了半天，让他把这节车厢卖给我。最后，领导说，行，你在铁路部门待了半辈子，就把它当纪念品赠给你了。"父亲说着，脸上露出孩子般的微笑。

我和父亲用了三天时间，把那节旧车厢里外擦洗一新，然后刷上了深绿色的油漆。最后，父亲还在车厢内钉上了"车厢内严禁吸烟"的警示牌。

此后，父亲时常在闲暇的时候，坐在车厢里，一边听着远处传来的汽笛声，闻着他熟悉的车厢味道，一边把整个车厢打扫得干干净净。

第二年的夏天，我回家探亲，天空正飘着小雨。我下车后，直奔父亲的车厢。远远地，我看见父亲苍老的身影出现在车厢的门口。走近了，只见身披旧铁路服的父亲，坐在车厢的阶梯上抽着烟，细细的水流顺着他头上的塑料帽檐缓缓地流到他的身上。

我不知何故，忙问道："爸，您干吗坐在这儿？快进车厢里抽去吧。"

父亲猛地抬起头，看到是我回来了，惊喜立时点亮了他浑浊的双眸。但是，一瞬间，他和蔼的笑容忽然凝固了，接着轻声对我说："这里是无烟车厢。"

心得便利贴

即使已经退休离职，父亲仍然放不下他的责任，职责已和他的生命融为一体，这种精神多么令人钦佩！有了这种职业道德，相信任何人都能将工作干得有声有色。能力固然重要，但更重要的是那份对工作数十年如一日的热情。

绝招,往往很简单

陈大超

前不久回老家,遇到一个姓包的农民,他说他的大女儿考上了成都一所外国语大学,小儿子考上了北京一所理工大学。我立刻就对这位黑黑瘦瘦但却显得很精神的农民充满了敬意,问他:"你在教育孩子上有什么绝招呢?"他笑一笑说:"其实也没有什么绝招——我只不过是让孩子教我罢了。"

"让孩子教你?"我更来了兴趣。

他说:"是啊,我小时候家里穷得供不起我读书,要指望我教孩子,那是笑话,但如果我不管他们,由着他们瞎混,我又不甘心。想来想去,就想了一个办法——等他们上学读书的时候,我就开始跟着他们一起学,他们每天从学校回来,我都让他们把老师讲的跟我讲一遍,然后他们在那里做作业,我也在旁边做作业,我弄不懂的就找他们问,他们弄不懂的就找老师问,这样他们又当学生又当老师,学习的劲头不知有多大,哪怕别人家的孩子在外面玩得热火朝天,他们也不动心。他们的学习成绩慢慢地就成为全班第一名,然后成为全年级第一名。"

听得我连连点头,我说:"你这办法好,你这样做,实际上是给孩子们做出了爱学习的榜样,而且在家里形成了良好的学习气氛。"

他笑一笑,说:"是呀是呀,我虽然从来不说要他们好好学习的话,但孩子们见我在外面干了一天的活儿回来,还跟他们一样地学,他们在学习上就不会分心。不像有些人家,大人一边打麻将、打扑克,一边吼叫着要孩子好好读书、好好做作业，孩子们就是嘴上答应，心里面也是憋着一股怨气呀。老实说，教育孩子，最怕的就是大人们玩得快快活活的，却说不读书就会如何如何——那样只会把孩子弄糊涂。"

我说："这就是你教育孩子的绝招——你这个绝招非常有价值，非常值得宣传。"可是他却连连摇头说："村子里也有人问我教育孩子有什么绝招，可是我说给他们听了，他们都不信我说的，说这听起来也太简单了，还说我肯定是在跟他们讲瞎话。"

我当然不认为他是在说瞎话。其实很多"绝招"，听起来、看起来都是很简单的——重要的是你能不能做得到。你做到了，"绝招"就能发挥出神奇的作用；你做不到，"绝招"就会成为一钱不值的东西。

💡 **心得便利贴** -------------------

父母是孩子的第一任老师，也是孩子学习的榜样，因此，父母不能简单地用言语教育孩子，更应该用实际行动培养孩子好的习惯，并以身作则，这样才是最合格的父母！

吊在井桶里的苹果

紫色梅子

　　有一句话讲，女儿是父亲前世的情人。说的是做女儿的，特别亲父亲，而做父亲的，特别疼女儿。那讲的应该是女儿家小时候的事。

　　我小时，也亲父亲。不但亲，还瞎崇拜，把父亲当举世无双的英雄一样崇拜着。那个时候的口头禅是"我爸怎样怎样"。因拥有了那个爸，一下子就很了不得似的。

　　母亲还曾嫉妒过我对父亲的那种亲。一日，下雨，一家人坐着，父亲在修整二胡，母亲在纳鞋底。于是闲聊到我长大后的事。母亲问，长大了有钱了买好东西给谁吃？我几乎不假思索脱口而出："给爸吃。"母亲又问："那妈妈呢？"我指着在一旁玩的小弟弟对母亲说："让他给你买去。"哪知小弟弟是跟着我走的，也嚷着说要买给爸吃。母亲的脸就挂不住了，继而竟抹起泪来，说白养了我这个女儿。父亲在一边讪笑，说孩子懂啥，语气里却透着说不出的得意。等我真的长大了，却与父亲疏远了。每次回家，跟母亲有唠不完的家长里短，一些私密的话，也只愿跟母亲说。而跟父亲，却是三言两语就冷了场。他不善于表达，我亦不耐烦去问他什么。什么事情，问问母亲就可以了。

也有礼物带回，都是买给母亲的，衣服或者吃的，却少有父亲的。感觉上，父亲是不要装扮的，永远的一身灰色的或白色的衬衫、蓝色的裤子。偶尔有那么一次，我的学校里开运动会，每个老师发一件白色T恤。因我极少穿T恤，就挑一件男式的，本想给爱人穿的，但爱人嫌大，也不喜欢那质地。回母亲家时，我就随手把它塞进包里面，带给父亲。

我永远忘不了父亲接衣时的惊喜，那是猝然间遭遇的意外啊。他脸上先是惊愕，而后拿着衣服的手开始颤抖，不知怎样摆弄了才好，傻笑半天才平静下来，问："怎么想到给爸买衣裳的？"

原来父亲一直是落寞的啊，我们却忽略他太久太久。

这之后，父亲的话明显多起来，乐呵呵的，穿着我带给他的那件T恤。三天两头打电话给我，闲闲地说些话，然后好像是不经意地说一句："有空多回家看看啊。"

暑假到来时，又接到父亲的电话，父亲在电话里很兴奋地说："家里的苹果树结很多苹果了，你最喜欢吃苹果的，回家吃吧，保你吃个够。"我当时正接了一批杂志的稿在手上写，心不在焉地说："好啊，有空我会回去的。"父亲"哦"一声，兴奋的语调立即低了下去，是失望了。父亲说："那，记得早点回来啊。"我"嗯啊"地答应着，把电话挂了。

一晃近半个月过去了，我完全忘了答应父亲回家的事。一日深夜，姐姐突然来电话。聊两句，姐姐问："爸说你回家的，怎么一直没回来？"我问："有什么事吗？"姐姐说："也没什么事，就是爸一直在等你回家吃苹果呢。"我在电话里就笑了，我说："爸也真是的，街上不是有苹果卖吗?"姐姐说:"那不一样,爸特地挑了几十个大苹果,留给你,怕坏掉,就用井桶吊着,天天放井里面给凉着呢。"

我的心被什么猛地撞击了一下,只重复说"爸也真是的",就再也说不出其他话来,井桶里吊着的何止是苹果? 那是一个老父亲对女儿沉甸甸的爱啊。

💡 心得便利贴 --------------

淡淡的生活琐事,描写了女儿对父亲感情的一系列变化:从亲到疏远到最后的醒悟。其间显现的是父亲对女儿浓浓的爱意。而女儿对父爱的忽视与之后的顿悟,让我们的心情也豁然开朗。

第一次抱母亲

张炜月

母亲病了，住在医院里，我们兄弟姐妹轮流去守护母亲。轮到我守护母亲那天，护士进来换床单，需要母亲起来。母亲病得不轻，下床很吃力。我赶紧说："妈，您别动，我来抱您。"

我左手揽住母亲的脖子，右手揽住她的腿弯，使劲一抱，没想到母亲轻轻的，我用力过猛，差点朝后摔倒。

护士在后面扶了我一把，责怪说："你使那么大劲儿干什么？"我说："我没想到我妈这么轻。"护士问："你以为你妈有多重？"我说："我以为我妈有一百多斤。"护士笑了，说："你妈这么矮小，别说病成这样，就是年轻力壮的时候，我猜她也到不了90斤。"母亲说："这位姑娘真有眼力，我这一生，最重的时候只有89斤。"

母亲竟然这么轻，我心里很难过。护士取笑我说："亏你和你妈生活了几十年，眼力这么差。"我说："如果你跟我妈生活几十年，你也会看不准的。"护士问："为什么？"我说："在我的记忆中，母亲总是手里拉着我，背上背着妹妹，肩上再挑一

百多斤的担子翻山越岭。这样年复一年，直到我们长大。我们长大后，可以干活了，但每逢有重担，母亲总是叫我们放下，让她来挑。我一直以为母亲力大无穷，没想到她是用八十多斤的身体去承受那么多重担。"

我望着母亲瘦小的脸，愧疚地说："妈，我对不住您啊！"

护士也动情地说："大妈，你真了不起。"

母亲笑一笑说："提那些事干什么，哪个母亲不是这样过来的？"

护士把旧床单拿走，铺上新床单，又很小心地把边边角角拉平，然后回头吩咐我："把大妈放上去吧，轻一点。"

我突发奇想地说："妈，您把我从小抱到大，我还没有好好抱过您一回呢。让我抱您入睡吧。"母亲说："快把我放下，别让人笑话。"护士说："大妈，您就让她抱一回吧。"母亲这才没有做声。

我坐在床沿上，把母亲抱在怀里，就像小时候母亲无数次地抱我那样。

母亲终于闭上眼睛。我以为母亲睡着了，准备把她放到床上去，可是，我看见有两行泪水，从母亲的眼里流了出来。

心得便利贴

生活塑造了伟大的母亲，无怨无悔、倾其心血的操劳耗损着她的心力。可儿女些许的回报就会使她感到莫大的宽慰。让我们怀着那份迟来的感谢与爱，拥抱自己的母亲。

3斤珍贵的水

李 芳

　　这是一个真实的故事。故事发生在西部的青海省一个极度缺水的沙漠地区。这里，每人每天的用水量严格地限定为3斤，这还得靠驻军从很远的地方运来。日常的饮用、洗漱、洗菜、洗衣，包括喂牲口，全都依赖这3斤珍贵的水。

　　人缺水不行，牲畜也一样，渴啊！终于有一天，一头一直被人们认为憨厚、忠实的老牛渴极了，挣脱了缰绳，强行闯入沙漠里唯一的也是

运水车必经的公路。终于，运水的军车来了，老牛以不可思议的识别力，迅速地冲上公路，军车一个紧急刹车戛然而止。老牛沉默地立在车前，任凭驾驶员喝斥驱赶，不肯挪动半步。5分钟过去了，双方依然僵持着。运水的战士以前也碰到过牲口拦路索水的情形，但它们都不像这头牛这般倔强。人和牛就这样耗着，最后造成了堵车，后面的司机开始骂骂咧咧，性急的甚至试图点火驱赶，可老牛不为所动。

后来，牛的主人寻来了，恼羞成怒的主人扬起鞭狠狠地抽打在瘦骨嶙峋的牛背上，牛被打得皮开肉绽、哀哀叫唤，但还是不肯让开。鲜血沁了出来，染红了鞭子，老牛的凄厉哞叫，和着沙漠中阴冷的酷风，显得分外悲壮。一旁的运水战士哭了，骂骂咧咧的司机也哭了，最后，运水的战士说："就让我违反一次规定吧，我愿意接受一次处分。"他从水车上取出半盆水——正好三斤左右，放在牛面前。出人意料的是，老牛没有喝以死抗争来的水，而是对着夕阳，仰天长哞，似乎在呼唤什么。不远的沙堆背后跑来一头小牛，受伤的老牛慈爱地看着小牛贪婪地喝完水，伸出舌头舔舔小牛的眼睛，小牛也舔舔老牛的眼睛，默默中，人们看到了母子眼中的泪水。没等主人吆喝，在一片寂静无语中，它们掉转头，慢慢往回走……

心得便利贴

读了这个故事，我们为老牛的舐犊情深感动，仿佛也感受到老牛那充满温情的目光。母爱没有界限，所有的母亲都是一样的，为了孩子无怨无悔地付出着心中的爱。

第三章

树木的生存智慧

　　星星是黑夜的灯，而良心是人性
的灯。

　　一个明白、明亮的人，就是一个无愧
而清澈的人，因为他生命的杂质与灰尘已
经被那些心灵之光荡除干净。

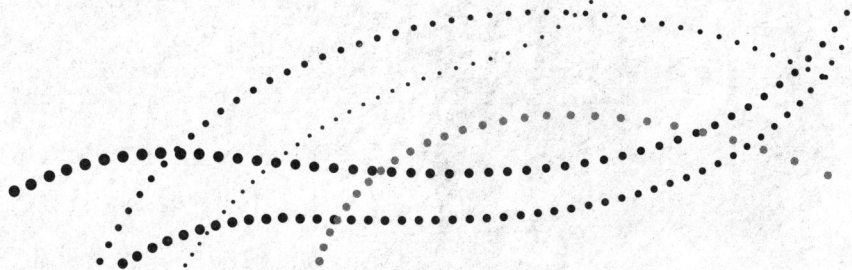

有灯的心

罗 西

住在福州某花园的潘小姐，一大早到小区架空层找摩托车准备上班，突然发现自己爱车的后视镜断落不见了。正纳闷，突然发现后视镜"掉"在摩托车的脚踏板上，底下压着一张字条：

不知名的车主，对不起，是我不小心剐断了你车子的后视镜，

一时找不到你，我电话是××，麻烦你打个电话，我愿意赔偿损失，并且诚意道歉……

潘小姐心里油然而生的怨气瞬间云消雾散。她将信将疑地拨了电话过去，是位先生，他说前天晚上自己太莽撞，不小心碰坏了她的车后视镜，由于当时已是午夜，就灵机一动，留下那张字条。

他说，他不想推卸责任，他会很快把潘小姐修车的费用亲自送上门……

事情就这样圆满解决了，潘小姐很意外，也很感动，于是她把这件事情当作新闻线索提供给了报社。

我们应该为这位先生的行为鼓掌，黑夜里，他一个人精彩演出，让我们看见人性光辉的一面。他本可以转身就走，

但是，他内心有盏叫"道德"的灯在照耀着自己，所以，他"逃逸"不了自己的良心，他必须摸黑弯下身子写那些朴实诚恳的文字，他是在交代，其实也是在抚慰自己。我们常常会在夜里有"做坏事"的心理冲动，觉得夜幕是最好的掩护，所以偷盗多在夜里进行，黑夜给我们自由，其实也在考验并拷问我们的道德与良心。

很小的时候问过母亲，为什么星星只在夜晚才出现，妈妈简单地说，因为很多人走夜路，所以星星就为路人点灯。我们有生物钟，丈量自己的时间，其实也有盏心灵之灯，有些人亮着，有些人却把它吹灭。星星是黑夜的灯，而良心是人性的灯。

心里有灯，不会迷失自我，也更容易知耻、反省，我们都绕不过夜晚，但是，因为心里有灯，可以少一些糊涂，多一些明白，少一些欺骗，多一些坦白。

一个明白、明亮的人，就是一个无愧而清澈的人，因为他生命的杂质与灰尘已经被那些心灵之光荡除干净。

💡 **心得便利贴** --------------------

社会生活中，有着形形色色的法律规则。规则会有局限，但道德却无所不在。当我们心里都有一盏道德的灯时，我们的生活就会多一些秩序，少一些混乱，多一些温暖，少一些炎凉。

"仇恨袋"的故事

陈文杰

　　古希腊神话里,有一则"仇恨袋"的故事,说的是一个威风凛凛的大力士名叫赫格利斯,从来都是所向披靡、无人能敌的。因此,他踌躇满志、春风得意,唯一的遗憾就是找不到对手。

　　有一天,他行走在一条狭窄的山路上,突然,一个趔趄,他险些被绊倒。他定睛一看,原来脚下躺着一只袋囊。他猛踢一脚,那只袋囊非但纹丝不动,反而气鼓鼓地膨胀起来。赫格利斯恼怒了,挥起拳头又朝它狠狠地一击,但它依然如故,仍迅速地膨胀着。赫格利斯暴跳如雷,拾起一根木棒朝它砸个不停,但袋囊却越胀越大,最后将整个山道都堵

得严严实实。赫格利斯气急败坏却又无可奈何，累得躺在地上，气喘吁吁。

不一会儿，一位智者走来，见此情景，困惑不解。赫格利斯懊丧地说："这个东西真可恶，存心跟我过不去，把我的路给堵死了。"智者淡淡一笑，平静地说："朋友，它叫'仇恨袋'。当初如果你不理会它，或者干脆绕开它，它就不会跟你过不去，也不至把你的路给堵死了。"

人生在世，人际间的摩擦、误解乃至纠葛、恩怨总是在所难免，如果肩上扛着"仇恨袋"，心中装着"仇恨袋"，生活只会是如负重登山，举步维艰了，最后只会堵死自己的路。

心得便利贴

　　放下心中的"仇恨袋"吧，常记仇恨，就会忘记快乐，不要让仇恨占据了你纯真的心灵。在人生的旅途上，只有轻装上阵才能走得更远，宽容能够给予心灵足够的空间。

父亲的禅意

胥加山

父亲是个老实巴交的农民，更谈不上有什么高深的学问。但记忆中，有三件事现在想起来，感觉他不苟言笑的话语中有着一种禅意。

滚雪球

有一年的冬天，大雪连续下了两天两夜才停止，面对白雪皑皑的庭院，我和小弟乐坏了，我们围着庭院里的积雪不停地跑呀跳呀。父亲或许不赞成我们以踏雪为乐，扫雪的他，一见我们跑湿了鞋，弄脏了棉裤，便扔下了扫帚，沉着脸，呵斥着我和小弟。见我们一时不理睬他，他便拿出为父的威严，罚我们把院中的积雪全滚成球。一听父亲要我们滚雪球，可把我们乐坏了。

谁知，滚一两只雪球挺有趣，但要把一院子的雪滚成球，且周而复始地滚着，我们都傻眼了。可一见父亲威严的眼神，我们又不得不继续滚雪球。

滚着滚着，手冻僵了，脚发麻了，腰弯酸了，渐渐地我们觉得滚雪球是一种永远重复、劳苦而无望的机械运动。可父亲毫不松口，今天滚不完，明天、后天继续滚。

然而，有一天我们在滚雪球时，发现滚成的雪球越来越小，正在滚的雪球也没有前几天的大和重。顿时，我们又有了信心，滚雪球所有的劳苦、疲惫、绝望忽然全消失了，我们又回到了起初滚雪球时的那种快乐童真中。等我们滚完院中的雪，先前滚成的雪球也变成了一滩水。父亲这时发话了，生活诸苦是那只越滚越大的、越滚越沉重的雪球，我们不情愿地推着，被劳苦和疲惫拖沓得永无休止，可当我们以一种快乐的心情去滚时，殊不知，天空中的太阳正在帮我们融化着地上的雪球，是什么让你们陷入了滚雪球的劳苦中？答案是你们自己。

钓鱼

一天，我和父亲去河边钓鱼。突然在我的鱼窝不远处有一尾足有五六斤重的青鱼忽沉忽浮，我马上喊父亲："爸，我的鱼窝边有一尾大鱼！"父亲不理我，继续钓他的鱼。我心想：这正是我最想钓的大鱼，我一定要钓上它！于是我提竿，把钩抛到那尾鱼的嘴边，可它根本不馋钩上的美味，我试着把钩靠近青鱼的嘴，它一摆尾不见了，我懊悔至极，父亲为何不来帮我钓上那尾大青鱼？

我继续在窝里钓鱼，不一会儿，那尾鱼又出现了，像是存心在戏弄我。我又喊父亲，父亲只一句，别理它，你钓自己的鱼！而我止不住钓一尾大鱼的诱惑，又故技重演，结果又被青鱼"戏弄"了一回。再次回窝垂钓，我从内心检讨起来：我一心想钓一尾大鱼，这好像被青鱼猜到了，我应该完全忘记它，专心钓自己窝里的鱼。我本来就是钓水下的鱼，岂能被水上的一尾鱼牵住了钓鱼的欲望！想到此，我又全神贯注地钓起鱼来。一场阵雨后不足 10 分钟，我的浮标激烈地抖动起来，见时机已佳，我一提竿，竿弯成好看的弧线，经父亲帮忙，我钓上了一尾大青鱼，一看，正是那尾忽浮忽沉的青鱼。

父亲说，雨天气压低，青鱼缺氧上浮，雨后，水中氧充足，它自然觅食，人有时为了达成某种目的，往往过于执着，急功近利。实际上，凡事以平常心对待，事情更容易成功，进展也会更加顺利，钓上这尾青鱼比钓它浮在水中时容易很多吧！

六指

堂弟伸出右手，特意动了动大拇指旁多出的一小节六指，对父亲说："大伯，我这六指砍了好，还是不砍好？"

父亲托起堂弟伸过来的小手，用手捏了捏六指，问堂弟："疼不疼？"堂弟龇牙咧嘴地说："疼！""感觉疼了"，不砍为好！"父亲坚定地说。"不砍六指，别人看我手说是畸形！"堂弟仍犹豫着。

这时，父亲把堂弟五指握成一只拳，问："如果你的拳头一直是这个样子，你会叫它什么？"

"畸形！"堂弟脱口而出。

接着，父亲又把堂弟的手张开，平放在眼前，说："如果这只手永远是这样呢？"

"另一种畸形。"堂弟依然脱口而出。

这时父亲说话了："'握紧拳头'是一种不动的现象，'伸张手掌'是另一种不动的现象，'不动'则是'畸形'，与你的六指无关。

"手之所以有用，就因为它能动、能握、能张，谁都不希望手只能握不能张，也不希望只能张不能合。你带有六指的手能张能合，别人不会说它畸形，而是你自己称它为畸形。"

堂弟忽然明白了"畸形"的内涵，因而他的六指一直留到现在。

心得便利贴

生活的点滴积累最终成为无形的巨大财富。父亲教诲孩子们的话，都是从生活中得来，智慧便是生活，生活便是禅。当你对生活体会得更深刻，生活就会给你更多的智慧与禅意。

爱心三明治

胡英　译

　　迈克尔·克里斯蒂亚诺在纽约市的一家法院供职。不论刮风下雨、阴晴冷暖，也不管是工作日还是节假日，他总会在每天凌晨4点起床，走进自己的三明治作坊。不，他并非熟食店老板，那只是他家的私人厨房，里面摆放着各式三明治馅料。他做的三明治已经小有名气，不过只为那些极需靠它们抵御饥饿的人所熟知。凌晨5：50分，他往返于中心街和拉斐特街的临时流浪汉之家，那一带靠近纽约市政厅。一会儿工夫，他已送出200份三明治，力求在上班前帮助尽可能多的流浪汉，然后赶往法院开始一天的工作。

　　一切始于20年前的一次善举，他为一个名叫约翰的流浪汉买了杯咖啡和一个面包卷。从此，迈克尔便日复一日地为约翰送去三明治、奶茶和衣物。最初，迈克尔只是想做件好事。

　　但有一天，一个声音在他脑海中响起，催促他采取进一步行动。迈克尔回忆道："我意识到自己身上有种使命，我相信它是我一切行动的内在动力。"迈克尔想到了制作三明治，就这样，他开始了自己的使命。他没有接受任何企业的赞助，他说："我并不是想发起什么能载入史册或吸引媒体眼球的慈善创举。我只是想尽自己微薄之力做些好事，日复一日地坚持下去。但这的确是我力所能及的：从今天做起，从我做起。"

　　"遇到滴水成冰的下雪天，我实在不愿离开温暖的被窝和舒适的家去市区送三明治。可每当此刻，那个声音又会在心里不住地催促，令我不得不起身行动。"

过去 20 年来，迈克尔每天都要做 200 份三明治。他解释说："我分发三明治的时候，不是单单把它们摆在桌上让人来拿。我会直视每个人，和他们握手，向他们送上一天的祝愿。每个人在我眼里都很重要。我没有把他们当成'流浪汉'，我只把他们看作需要食物充饥的人，他们需要一个鼓励的微笑，需要人和人之间美好情感的交流与传递。

"一次，科赫市长跟我一起去派发三明治。他没有邀请媒体，就我们俩。"迈克尔说。与市长并肩工作固然难忘，但更令迈克尔难以忘怀的，却是与另一个人的合作……

常来取三明治的流浪汉行列里少了一个熟悉的身影，迈克尔常常惦记着他。他盼望这个人的处境已经好转。一天，这个人出现了。面貌焕然一新，穿着整洁、保暖的衣服，胡子刮得干干净净，还带来了自己预备分发的三明治。迈克尔每天递送的新鲜食物、暖人心怀的握手、眼神中传递的关爱和声声祝福给了这个人希望和鼓励，这些正是他极为需要的。每天能感受到做人的尊严，而不是被编入"另册"，他的人生因此被改写了。

此刻无须任何言语。两人

肩并肩、默默无声地忙碌着，分送着他们的三明治。纽约街头又迎来了新的一天，所不同的是，这一天也承载了一份新的希望。

心得便利贴

    爱是一种美丽的折射，爱是世界的又一轮太阳。其实，每一颗心灵都是一面反射爱的镜子，只要你的心中充满了爱，并把你的爱反射出去，你就会看见，世界上多了无数个太阳。

献给哈切塔的红木钢琴

田祥玉　译

　　我打开办公室的门，突然发现门口站着一位特殊来客，她是一个看起来只有 12 岁左右的小姑娘，扎着湛蓝的印花头巾，冲我憨厚地笑。

　　她弯下腰去，将一个小竹篮放在地上，羞涩地扯了扯衣角。篮子里有十几个粉红的鸡蛋。"克里奇先生您好！我叫哈切塔。这些鸡蛋还没有存放多久，只要您喜欢，我以最优惠的价格卖给您！"

　　哈切塔的这句话让我既惊讶又好笑。作为钢琴公司的老板，各种各样的人来到我的公司，他们订购产品、推销生产钢琴的红木、烤漆，或者让我为艺术学校的穷孩子捐献钢琴。我看了看竹篮里的新鲜鸡蛋，转身走进办公室，小家伙提起篮子跟了进来。"你知道我已经 50 岁了吗，哈切塔？长这么大我可从来没买过鸡蛋……"她打断我的话："那您今天就买一回啊，给您的妻子和孩子做一份可口的煎鸡蛋。如果您不懂怎么煎鸡蛋的话，我现在就可以教您！"

　　我无法拒绝这样一个热情的孩子，当我把 5 美元交给哈切塔时她却坚决不收。"以后每个星期我都会给您送鸡蛋，把您该给我的钱记下来就行了。克里奇先生，我想用我的鸡蛋钱，在您这里订购一架红木钢琴！"

　　用每个月顶多 40 美元的鸡蛋钱，订购一架红木钢琴！哈切塔的话让我目瞪口呆，公司的钢琴都是为世界各大剧场或顶尖钢琴家们定做的，最便宜的也要 30 万美金，哈切塔居然想用鸡蛋交换？

　　"虽然我们家现在只有三只可以下蛋的母鸡，但我保证半年后就有 10 只，一年后就有 30 只，三年后就有 200 只……"她激动不已，眼睛里闪着泪花。

　　我想那一刻我是疯了，因为我竟然答应了这个充满幻想的 12 岁小姑娘。当她向我卖了 10 万美元的鸡蛋后，她就能从我这里取走那架价值 90 万美元的三角红木钢琴，以后的钱依然用鸡蛋来偿还。

　　当哈切塔正要离开时，我忍不住问："你长大以后想当钢琴家吗？"她顿了顿跟我说："我妈妈早就看中了这架红木钢琴。可现在，她的眼睛看不见了，只能让我来给她买。"哈切塔的这句话让我突然有了想去她家看看的念头。

　　哈切塔的家在芝加哥东北角的一个贫民区里，低矮破旧的平房，几只母鸡在小院子里"咯咯"地叫着。她的妈妈曾是一名钢琴演奏员，两年前因患眼病变成了盲人，相伴 15 年的丈夫也弃她而去。我答应哈切塔一定会帮助她兑现鸡蛋换钢琴的诺言。

　　回到家，我生平第一次煎两个鸡蛋。方法是哈切塔教给我的，鸡蛋做得不怎么好，但妻子和女儿激动不已，她们边含泪吃着鸡蛋边说着"我爱你"。多年来我以为努力赚钱就会带给家人幸福，这一刻我却觉得，原来多少黄金也买不回一只煎鸡蛋的幸福！

　　接下来的三年，每个星期五下午 6 点钟，哈切塔都会准时来到我的办公室。她装鸡蛋的工具由小竹篮变成大纸箱后，又变成商场里专门装鸡蛋的泡沫箱。哈切塔逐渐成了一个拥有 220 只母鸡的养鸡专业户。我的专门用来记载收购鸡蛋的账本，已经欠了哈切塔 3 万美元！这个可爱执拗的姑娘，让我从一个钢琴经销商变成了一个鸡蛋推销员，我不得不把它们分卖给员工和朋友们。

当哈切塔卖给我 5 万美元的鸡蛋时，我派工作人员把她订购的红木钢琴送去了她家。我跟哈切塔的母亲说，她女儿有一份很不错的工作，现在她已经交完了钢琴的首付款。这个女人激动不已，她坐下来，动作优雅，表情美丽，弹了一支优美的曲子给我听，那是她几年来在心中谱成的，名叫《献给女儿哈切塔》。

我以每个月 8000 美元的高薪，将哈切塔聘请为我的钢琴商场的售货员。我很乐意这样做，因为这世上只有哈切塔，敢用鸡蛋来跟芝加哥最大的钢琴销售商换昂贵的钢琴。

2005 年底，22 岁的哈切塔终于从我这里取走了账簿，因为她已经还完了 90 万的钢琴款。这笔 90 万巨款，全部是哈切塔多年来卖给我的鸡蛋换来的。

十年前，我还不相信一个小姑娘能用鸡蛋换钢琴，纵使很多鸡蛋能换来一架钢琴，我也不相信哈切塔能坚持到底，但她做到了。

心得便利贴

执着于梦想的人，是最幸福的人。哈切塔的心中充满了梦想的阳光，使她的内心更加美丽。梦想不是说到的，实现梦想也不是随意的事。人生贵在持之以恒，因为它能让梦想离我们更近。

老师讲的故事

田辉 译

　　在暴风雨后的一个早晨，一个男人来到海边散步。他一边沿海走着，一边注意到，在沙滩的浅水洼里，有许多被昨夜的暴风雨卷上岸来的小鱼。它们被困在浅水洼里，虽然大海近在咫尺，却回不去了。被困的小鱼，也许有几百条，甚至几千条。用不了多久，浅水洼里的水就会被沙粒吸干，被太阳蒸干，这些小鱼都会干死的。

　　男人继续朝前走着。他忽然看见前面有一个小男孩，走得很慢，而且不停地在每一个水洼旁弯下腰去——他在捡起水洼里的小鱼，并且用力把它们扔回大海。这个男人停下来，注视着这个小男孩，看他拯救着小鱼们的生命。

　　终于，这个男人忍不住走过去："孩子，这水洼里有几百几千条小鱼，你救不过来的。"

　　"我知道。"小男孩头也不抬地回答。

　　"哦？那你为什么还在扔？谁在乎呢？"

　　"这条小鱼在乎！"男孩儿一边回答，一边拾起一条鱼扔进大海。"这条在乎，这条也在乎！还有这一条、这一条、这一条……"

　　今天，你们在这里开始大学生活。你们每一个人，都将在这里学会如何去拯救生命。虽然你们救不了全世界的人，救不了全中国的人，甚至救不了一个省一个市的人，但是，你们还是可以救一些人，你们可以减轻他们的痛苦。因为你们的存在，他们的生活从此有所不同——你们可以使他们的生活变得更加美好。这是你们能够并且一定会做得到的。

在这里，我希望你们勤奋、努力地学习，永远不要放弃！记住："这条小鱼在乎！这条小鱼也在乎！还有这一条、这一条、这一条……"

❤ 💡 心得便利贴 ----------------

不要以为自己的力量很弱小，如果每个人都能奉献出一份爱心，世界也会为之改变。不要认为你的付出微不足道，每份真诚的付出都会给他人带来希望和美好。

130

迷路飞虫

钟丽红

暑假，我陪朋友一家三口去爬梅岭。爬到半山腰的时候，一只飞虫钻进了我的左耳朵，弄得整个耳道奇痒无比且钻心地痛。

我的钥匙串上正好挂着一支银质掏耳小勺，我决定用它"深入虎穴"，立即置"闯祸者"于死地。就在我小心翼翼地把小掏耳勺伸入耳孔的当口，朋友却拦住了我说："你这样做是把飞虫往耳朵深处逼，它拼命地往里面逃命，一旦钻透你那薄薄的耳膜，那就麻烦了。"

朋友的话似乎有道理。可我该怎么办？朋友的爱人是做医生的。她建议道："你可以把头搁在桌子上，往左耳道里倒进去一两滴食用油，这样就可以把飞虫粘住，或者把飞虫憋死。等耳朵里没有动静了，再用少量温水冲洗耳朵，最后要用棉签吸干耳道里残余的水，这样既安全又卫生。"

可朋友读幼儿园小班的女儿琳达不高兴了，她对她妈妈说："小飞虫不是存心让叔叔痛的，它一定是在叔叔的耳朵里迷路了。"一会儿，小姑娘又扭头对我说："叔叔，我有办法了！"

说着，她让我把头低下来，右耳朵贴在石桌上，她

自己则站到了石凳上，用她的小电筒照着我的左耳朵。我一时找不到食用油、棉签和温开水，也就听任小姑娘摆布。

很快，我的耳朵就不痛了。琳达和她的父母惊喜地看到一只小飞虫从我的耳孔里飞出，飞到了手电筒的亮光里。

对待一只在黑暗中迷路而触犯你的飞虫，其实不必太心急，更不必只想着惩罚和消灭，只要设法给它一个光明的方向，给它一个投奔光明的机会就好了——我想，对待每一个有缺点、错误的人都应如此。

心得便利贴

以宽容的心对待一只飞虫，可以使它回归自然；以同样的心对待迷失的人，一定也可以将他引入正途。不要让暴力的惩罚蒙蔽了原本向往光明的双眼，不要让有缺点和错误的人一错再错，给他人一个机会，也许会拯救一个灵魂。

最美的声音

罗　成

　　第一次见到尹老师是在三年前的初秋，万木繁密，乍凉还热。那天我和同学们都端坐在教室里，怀着忐忑和好奇心理，静静地等待一位新来的语文老师。

　　铃声过后，教室里走进一位虽显老态但精神矍铄的老师。同学们立即用狡黠的目光将他从头到脚打量了个遍：略显凌乱的头发里已夹了清晰可见的银丝，有点皱的长袖衬衫上，扣子一个不落地扣着。"是个老头。""是个老头。"几个调皮的男生立即窃窃私语地交换着意见。他则用目光在教室里慈爱地扫了一遍，用粉笔在黑板上写了一个工整的"尹"字，然后便开始用方言讲话了："同学们好！我姓尹，刚从农村中学调到这里。这学期我将担任大家的语文老师。"话音刚落，下面便有人偷偷地笑起来，原来这位老师把"老师"说成了"恼师"！后来时间久了，同学们便在背后称这位用方言给我们上课的老师为"恼恼师"，也就是"老老师"的意思。

　　不过，尽管尹老师的话很土，同学们还是非常喜欢他的课。除了他讲的课生动有趣外，还有个重要的原因就是他的粉笔字极棒！轻轻的几声嘟嘟之后，黑板上便留下了他那令人叫绝的字，一笔一画，一丝不苟，赏心悦目，给人以遒劲有力、入木三分的感觉。同学们总喜欢在语文课后照着黑板上的字一笔一画地临摹。受尹老师的熏陶，我们班上字写得漂亮的同学渐渐多了起来。

我们就这样愉快地跟尹老师一起度过了一个学期。寒假后不久的一天，尹老师宣布了一个让我们全班同学都不敢相信的打算，那就是他决定学说普通话！至于原因，很简单，那就是为了与同学们之间有更多的共同语言。

末了，他还很幽默地说了一句："看谁以后还敢叫我恼恼师！"

不知道什么时候这话已传到他的耳朵里了。

谁也没想到尹老师会说到做到。在那以后的课堂上，他总是费劲地坚持用他那不伦不类、几乎蹩脚的普通话给我们上课。平卷舌不分、没有后鼻音、没有翘舌音，有同学上课时听得躲在下面窃笑。尽管如此，他还是极努力地去提高自己的普通话水平。课间，他会捧着字典向我们小学生问这问那；早晨到校时我们总能看到晨曦中的尹老师捧着收音机在操场上来回地踱着步子；傍晚，清静的办公室里总会传来尹老师一字一顿读报纸的声音，那时美丽的夕阳与尹老师之间似乎有着一种无法言传的默契。那段时间尹老师常用嘶哑的声音为我们上课，同学们都被他的认真劲儿深深地打动了。一段时间之后，同学们已感觉尹老师的普通话很有普通话味了。谁要是还在背后称他为恼恼师，肯定会招来同学们的一致反对。

又是一个多月过去了，尹老师的普通话已几乎标准了。有的同学说他的声音像任志宏，有的同学说他的声音像赵忠祥，还有的同学说谁都不像就是美。然而尹老师的声音真正征服全班同学的还是在学期结束的那次师生联谊会上。当他用那略带地方言的普通话、富有磁性的音质，铿锵有力地朗诵完毛泽东的《沁园春·雪》时，讲堂里掌声雷动！

至今他那荡气回肠、雄浑顿挫、慷慨激昂、字字有力的声音仍在我耳畔回响：

"北国风光，千里冰封，万里雪飘。望长城内外，惟余莽莽；大河上下，顿失滔滔……"

心得便利贴

什么是最美的声音？是教师启迪关爱我们的句句话语。语言的艺术被教师运用得最完美、最透彻，因为那美妙的语言背后是源自他们灵魂深处的责任心与自豪感。

那一课叫敬业

崔修建

　　所有的考试都结束了，校园里开始弥漫浓浓的离别气息。再有十几天，同学们就要挥手告别大学了。

　　这一天，辅导员通知同学们——讲授训诂学的老教授要在周六给选修这门课的同学补一次因他生病住院落下的课。

　　同学们立刻议论纷纷——都什么时候了，大家考试都及格了，谁还有心情去补课？再说了，那选修课少上一次又有什么大不了的。

　　周六，选修"训诂学"的三十多名学生中，只有三个女生去了教室。其实，她们也并非是有意去给老教授捧场的，她们忘了补课的事，原本打算到安静的教室里聊聊天的。

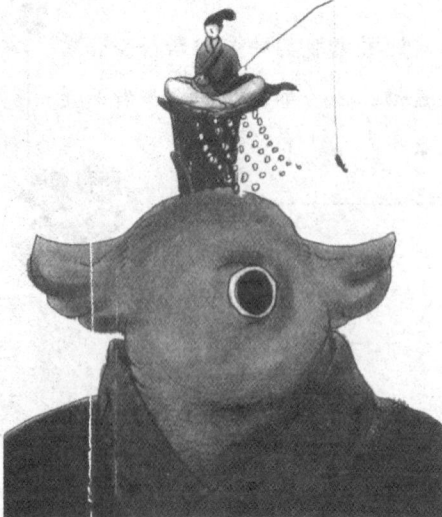

　　老教授准时走进教室，看到只有三个没带教材的女学生，他猛地一愣，俯身问明原因后，他微笑着环视了一下空阔的教室，清清嗓子，响亮地喊了一声"上课"。

　　仿佛面前像往常一样坐着三十多个学生，老教授跟平时一样自然而然地讲述着精心准备的教学内容。他讲得非常投入，甚至有些忘情。不一会儿，他的额头上开始有汗珠滑落。

三个开始还有些心不在焉的女生，先是惊讶老教授依然工整的板书、热情的手势和对每一个细节的耐心讲解，继而，被他的那份从容和认真深深感动了。她们不约而同地坐直了身子，认真地聆听起来。

课间休息时，三位女同学请求面色有些苍白的老教授赶紧回去休息。老教授擦着满脸的汗水连连摇头，说他还能坚持住。直到下课的铃声响起，他才如释重负地收拾好讲义，慢慢走出教室。

10年后，那三个在学校读书时表现平平的女生，很快都脱颖而出，在事业上卓有成绩，成为那届毕业生中的佼佼者。

同学聚会时，面对大家羡慕和赞叹的目光，她们一致深情地回忆起在大学里补上的那一次课。虽然她们已记不清老教授所讲的内容，但老教授抱病面对三个学生时那份平静、那份声情并茂的投入，却深深地铭刻在了她们的脑海里。正是那一次课，让她们明白了"什么叫作敬业""什么叫作认真"等等那些曾无数次空泛地谈论过的大道理，并由此深深地影响了她们对事业及人生的态度和方式。

是的，那刻骨铭心的一课就叫敬业。只是在多年以后，许多同学才在懊悔和遗憾之余，将其间接地补上。

心得便利贴

人都有自己的事业和人生的岗位，敬业是最基本的职业道德。文中的老师用实际行动为我们上了一堂"敬业"的课。它体现了老师的人格魅力与责任心，更体现了老师的教学态度，让学生受益终生。

树木的生存智慧

黄兴旺

一

长白山是一座死火山，山脚下土层厚的地方森林茂密，但是随着海拔的增加，覆盖山体的便都是黑色的火山石和白色的火山灰了，恶劣的生存环境使高大的乔木甚至是灌木都望而却步。但站在海拔400米向上望去，竟有一片片火一样的颜色。向上攀登时，我才发现，那是一种成片的矮小植物正在绽放的花朵。当地人告诉我，这种开花的植物叫作高山杜鹃。我仔细观察这些高山杜鹃，它们只有几厘米高，几乎是贴着地面生长。虽然它们的生长环境是没有养分的火山岩，但那花朵却如团团火焰迎风怒放，生机勃勃的高山

杜鹃，比山下的高大树木更加震撼人心。管理人员告诉我，高山杜鹃之所以能在寸草不生的碎岩上生存，并绽放成一道美丽风景，最根本的原因是矮小，它们的植株只有几厘米，这达到了木本植物低矮的极限，也使它们对养料的需求少到了极限，而且，山上可以吹折树木的强风也不会波及这些低矮的植物。

所处位置越高，处世态度越要低调，虽说高处不胜寒，但高处仍然有风景，这其中的玄机就是低调。

二

长白山脚下，锦江大峡谷边的原始森林里，有许多倒下的大树，游人见此，均感奇怪：这么粗壮高大的树怎么会轻易倒下呢？一位导游这样解释：这些大树的问题是出在树根上。一棵树的生长，不只是我们看见的生长，地上长高的同时，地下的根系也要随之生长，地上与地下的生长是成正比的，可以这样说，树有多高，根就有多深，只有地下的根系发达，才能为地上的枝干提供足够的水分、养料，也才会有足够的力量支撑地上的部分。倒下的这些树，都是根系不发达、根扎得不够深的树，这样，大的风雨袭来，它们便轰然倒下。如果根基不牢，越高大的树木，就越容易倒下。

我看了看那些倒下的大树的树根，果然如他所说。

所有的事物生存发展都依赖于根基，根基不牢，再恢弘的伟业也会在一瞬间回归为零。

三

在长白山莽莽林海中穿行，常看到这样一个奇怪的现象，稀疏生长或独自生长的树木，树身都不会太高，而且它们的枝干也弯曲不直。但成片树林中的树木则每一棵都高大挺拔，从不旁逸斜出。阳光、水分是树木生存发展必需的条件，按这个生存法则，占有空间大的树木一定会比那些只顶着头上巴掌大一块天的树木要长得好，但为什么生存环境优越的树木反而没有恶劣环境中的树木茁壮呢？

正在我迷惑不解时，一个当地人这样说：树也如同人一样，稀疏的树木因为没有竞争存在，就懒散着随意生长，这往往使它们长得奇形怪状，最终不会成材；而长在一起的树木，每个个体要想生存，就必须让自己长得高大强壮，这样才能争得有限的阳光、水分等生存资源，从而存活下来。而最终，它们长成了令人尊敬的栋梁之材。

竞争的力量，往往是让生命自强不息、锻炼成才的最好的力量。

心得便利贴

高山上的杜鹃紧贴着地面迎风怒放，粗壮的大树因根基不牢而轰然倒下，在夹缝中努力生存的树木反而成了栋梁之材。低调，稳固根基，自强不息，这就是大自然教给我们的生存哲理。

美丽的回报

肖 雨

第三单元目标测试的试卷改完了。下课铃刚刚响过，办公室的窗口骤然窜进一个个伸长脖子的"小蝌蚪"，一张张小脸上写满了既焦急又欢喜的神情，然后捏着嗓子问："肖老师，我得多少分？"

我扭过头一看，趴在窗口的学生中，竟然有"与众不同"的男生陆海。

第二节课上课的铃声响起了。

教室里的孩子们几乎个个坐姿标准，屏气敛声，眼睛一眨不眨地盯着我，比上星期校长来听课还乖。

我习惯地把教室扫视了一圈后，笑了笑，说："这次单元测试，你们知道考得最好的是谁吗？我很高兴地告诉大家，是我们的陆海同学，他考了60分啊！"

60分对别的孩子来说可能是一件耻辱的事，但对"臭名远扬""不可救药"的陆海，不亚于石破天惊的大事。随即，所有的目光都半信半疑地集中在他的身上。

"陆海同学，现在请你站起来，接受肖老师和同学们的掌声！"我诚心诚意地说，双手真诚地拍出了两下响亮的掌声，像是一声号令，后面紧跟着热烈的掌声。

起初，陆海可能不敢相信眼前的事，很"油条"地站起来，待他"听懂"我的话后，毕竟是一个十几岁的孩子，再也压抑不住内心的喜悦，立刻像天安门广场的国旗手一样笔直地立正在那儿，脸上露出喜悦的神情。试卷全部发下去了。

一件意想不到的事发生了。

"肖老师，陆海他没有考到 60 分，你多算分数给他了！"陆海的同桌把手举得高高的，大声地向我报告。

我拿试卷上来认真核算，事实真是让我沮丧，我确实多给他 5 分之多。

放眼望全班同学，悄无声息的样子，但我甚至能捕捉到一丝狡黠的笑意。陆海的脸色出奇地平静，又是那种我再熟悉不过——"死猪不怕开水烫""视死如归"的模样。他正摇头晃脑津津有味地研究天花板的秘密呢。

怎么办？各种念头在我的脑子里闪电般飞过。最后，我平静又有些激动地说："肖老师确实是粗心大意，多算给陆海同学 5 分。但是，今天我不想收回这 5 分，我愿意借给陆海同学 5 分，因为我相信，陆海同学有一天会加倍偿还给肖老师这些分数的！"

此事不久，陆海的父母调到别的城市工作，陆海也跟着去了。

多年后的一天，我收到一封从北京一所重点大学寄来的字迹陌生的信。信封内装有一张精美的明信片和一页短柬。短柬上面工工整整写着：

> 敬爱的肖老师：
>
> 谢谢您曾经借给我弥足珍贵的5分，也许，您早已把那微不足道的5分忘记了，但它对我来说却是刻骨铭心、终身难忘的。如果没有您借给我的5分，我可能还是昨天的我，不会是今天的我，可以这么说：是您连同您那金子般的5分硬把我推入一片灿烂的阳光地带。您曾经说过，我会加倍偿还您5分，今天我可以说，我做到了！可我更知道：这么珍贵的5分，我今生今世又怎能偿还清呀！
>
> 您的学生：陆海

那件事距今已有好些年头了，当时，我不过是一个刚从民族师范学校毕业的黄毛丫头，今天往事重提，只是因为这怡人的卡片和短柬。我没有想到，对于我来说加减都易如反掌的5分却恰恰能改变一个孩子的一生。因为这5分，再次让我体验到做教师的无比快乐，也让我更相信：只要真爱每一个学生，总会收到意外的美丽的回报。

心得便利贴

"丰硕的桃李是老师收获的最美的回报，也是最伟大的成就。"具备崇高品德的教师会给学生以最真挚的关怀，让他们找到正确的人生方向。真爱他人，就会发生心灵的碰撞，给别人以诚挚的尊重，就能收获他人赠予的珍宝。

跨世纪的酒葫芦

马　德

"跨世纪的酒葫芦"是我们送给周老师的雅号。老师挺高兴,我们也高兴。

周老师不喝酒,他的葫芦里装的是"酒";周老师爱喝"酒",却醉翁之意不在酒。

周老师把我们几个叫到办公室,眨巴着眼睛不说话,害得我们好一阵纳闷儿,他的葫芦里到底装的啥酒?终于倒出来了,要我们每人出一份试题,同他"三七"开做一笔交易。星期天试题都交齐了,老师却很"懒",把它公布于众,于是大伙拼命翻书。从考场出来,大家一拍大腿:"上当了,好个酒葫芦给我们'七三'开了。"后来渐渐醒悟了,老师是让我们读书不绕指挥棒转。

周老师的酒葫芦又倒出酒来了。他弄来一批历届毕业生名单,有在各岗位工作的,还有在学府深造的;他发下信纸信封,让我们与他们通信。不久,回信便陆续地收到了,谈学习谈理想谈人生,我们高兴得不得了。原来是周老师醉翁之意不在酒,在于让我们尽早接触社会,认识社会,让师兄做我们的领路人。

假期里,周老师让我们完成一份儿连《康熙字典》也查不到的作业——"一物一文"。解释后,才晓得是捡一物或造一物,然后写一篇文章。天哪,这算什么作业,害得我们吃不好饭睡不好觉,连走路都伸头探脑的,人家还当我们行为不轨呢!"一物一文"汇报课真是琳琅满

目：物者，或树根或石块或动物残骸造型；文者，或记叙或说明或议论，有情有理，浮想联翩，海阔天空。事后，我们理解了，美的心灵才有美的发现，美的发现才有美的想象，美的想象才能培养我们的审美观。至今，我的窗台上还放着一个根雕的睡美人呢！周老师说得好，我们是捡回上帝赋予的而又被人类遗忘了的东西，我们捡的是希望，是诗。

周老师葫芦里装的酒确实多，常倒出来让我们尝。像什么"红军餐"，我们野炊只带7根火柴、一个金色鱼钩、一块盐巴，自己觅食自己吃；像什么"本我""自我""超我"，要我们尽快从"自我"转化为"超我"，等等。果然，最后这学期我们班捷报频传，几乎囊括了全校所有的金牌。

周老师葫芦里的酒是陈酿，是玉液，是琼浆，喝得我们越喝越想喝，喝得我们似醉非醉，似梦非梦，老师说醉是醒着的梦，梦是睡着的醉，这种现象是一种极好的境界。

周老师是我初中的老师，一日为师终身为父。现在，我也登上了讲台，听说周老师退休了，55 岁就退休了，这个跨世纪的酒葫芦只好让我来挎了，不知能醉多少学生。

心得便利贴

"酒葫芦"中流淌出来的是心血与智慧融合的醇香的酒。平凡的教师是花园中的园丁，是人类灵魂的工程师。是他们温暖和滋润了孩子的心，他们建造出了世界上最完美的良心工程，是他们培育出了无数的栋梁之材。

笑容不能浪费

[美] 安娜·戈德堡　沈湘　译

第一天上班，我就遭到了一位叫凯妮的女同事的批评，她说我接电话的时候声音不够动听，还说我的脸上没有笑容。

第二天，我写的一篇不足500个单词的报告，居然被年轻的哈理主管挑出了10处错误。他很不客气的语言，让我感觉到自己在学校里所学的东西一无是处。晚上，我躲在单身公寓里，泪流满面。我可以不理凯妮，但我不能不理主管，因为他是我的上司。

第三天，我感到整个写字楼里的空气就像凝固了似的沉重，特别是那一双双利箭般的目光射向我的时候，更是使我如芒刺在背。因为心里发慌，我在经过一位同事的身边时，不小心被她的桌角绊了一下，险些摔跤，顿时，所有的笑声就像蜜蜂一样向我飞来，蜇得我满面通红。晚上，我又一次躲在单身

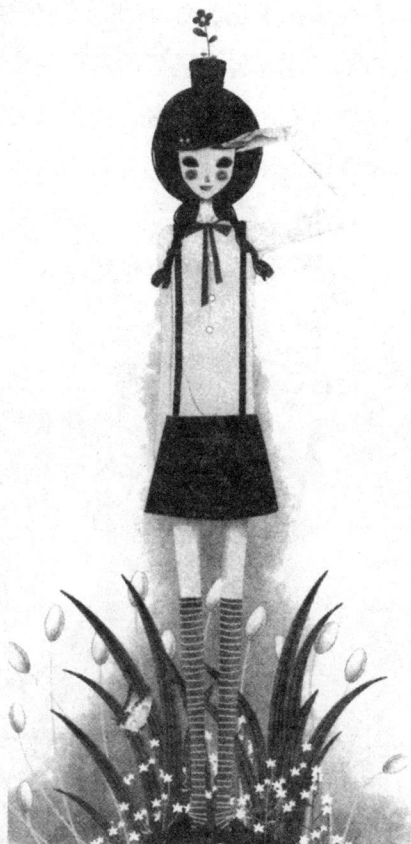

公寓，以泪洗面，我可以不理我的上司，但不能不理所有的同事啊！

在学校的时候，我就一直梦想着毕业后能穿上职业装，亭亭玉立地出人于意大利瓷砖铺就的高级写字楼。可是现在，当我进入了梦想中的空间后，似乎并没有想象中的优越感，有的只是让人想发疯的挫败感。

我决定写一封辞职信，然后发电子邮件给皮特经理。皮特经理是一位和善的人，也是公司的元老，他很快就给我回了信，但却只字没提我辞职的事。他居然约我晚上下班的时候去湖边散步。

我说："皮特经理，我不明白您的意思，我只想知道，我的辞职报告您批了没有？"

皮特经理好像没有听到我的话一样，依然笑着说："你看，这傍晚的湖色多么美丽，如果此时你不在这里散步，你就浪费了这美丽的晚霞；如果你不曾在早晨的湖边跑步，你就错过了湖边的朝阳。"

我若有所思地听着，抬头望去，果然看见了天边那一道道晚霞，如一幅优美的图画，也感受到了那些在这里散步的人们的幸福。

皮特经理又接着说："是的，那些美丽的景色需要人去欣赏，才不至于浪费。你长有一副美丽的面孔，如果不经常保持笑容，那便是一种浪费。"

什么？不笑对面孔也是一种浪费？我还是第一次听人讲这么一个道理。

"您真幽默。"我用手摸了摸自己的脸蛋，不由自主地笑了。

皮特经理见我笑了，则笑得更开心了，"这就对了，你看现在的你，多迷人，多有亲和力呀？这么漂亮的一张面

孔，整天板在那里，不是浪费又是什么？同样的道理，公司给你提供的这个平台，需要你去好好利用才不至于浪费，人的生命也需要不断地去充实，才不至于浪费！"

从此，我再也没有提过辞职的事，而是每天面带微笑地上班，认真地做好分内的每一件事。我竟然再也听不到凯妮的批评，听不到其他同事和哈理主管的批评了。10 年后的今天，我已成了这家公司的副总裁，我依然时时提醒自己，利用好自己的一切优势，别让它浪费了。

心得便利贴

即使不快甚至不幸的事降临在我们身上，我们也要微笑。一副笑脸，可以给别人带去一份好心情，更会扫除自己心中的阴霾。用心去微笑吧，乐观的你会获得幸福。

钓大鱼的小孩

孔 军

这是一个发人深省的故事：

11 岁的杰米准备好了，他渴望抓住一闪而过的机遇。在与爸爸的朋友去加拿大垂钓之前，杰米坚持要买一根重型的钓鱼竿，为的是要钓上大鱼。为了不打击孩子的热情，父亲买来了这样的钓竿。

其他人看见了杰米的新渔竿时，便拿他开心起来。"杰米，你是想钓条鲸鱼吧?"其中一位问道。

"我想钓条大狗鱼呢!"杰米信心十足地答道。

"用这样的渔具，你肯定能钓上一条大狗鱼。"另一位笑着说。杰米并不因人们对他缺乏信心而气馁。

一连在湖边钓了四天，大人们和杰米均收获甚微，于是他那根大钓竿便成了人们开玩笑的笑柄。这时，忽然有人大声喊叫起来："我钓着个大家伙了!"他那渔竿拉弯并拉紧了，但过了一会儿，渔竿很快变直了，钓线也松弛了下来。原来钓线断了! 这人失望得直嚷嚷，说要是这次带来更重型的钓具就好了。

第二天，当湖边垂钓的这群人正准备收竿返回屋里时，杰米的钓线忽然绷紧了。最初，他以为是鱼钩钩住了水底下的一段木头。但随后钓线便开始猛力拉动，其力量之猛使他几乎惊呆了——他的到一条大鱼了！

45 分钟后，他终于把这条大狗鱼拉到了船上，这是一条 32 磅重的大家伙！几个大人全都惊呆了，既满怀快意又不乏敬意，因为杰米的行为给他们上了一课：如果你要钓上条大鱼，你出发前就必须做好准备！

心得便利贴

　　机会就像一颗流星，随时都有可能降临到我们身边，要想在最恰当的时间抓住最宝贵的机会，就必须事先做好准备。这样，当机会突然来临时，你才有能力将它紧紧握在手中。

敬　启

　　本书的编选参阅了一些报刊和著作，由于多种原因我们未能与部分入选文章作者（或译者）取得联系，在此深表歉意。敬请原作者（或译者）见到本书后，及时与我们联系，我们将按国家有关规定支付稿酬并赠送样书。

联系方式
联　系　人：杨老师
电　　话：18600609599

编委会